# 奴隷夫妻

草凪 優

幻冬舎アウトロー文庫

# 奴隷夫妻

目次

第一章　わたし、マゾかも　7
第二章　愛しているのはあなただけ　51
第三章　奥さんのように抱いて　96
第四章　本当のことを教えてあげる　143
第五章　わたしのことは全部忘れて　197
第六章　きっと新しい愛の形　249

# 第一章　わたし、マゾかも

## 1

目指す家はずいぶんと空に近い場所にあった。のぼり坂が延々と続いたうえ、さらに私道めいたコンクリートの階段を四、五十段ものぼらなければならなかった。

「大丈夫かい？」

緒方竜平《おがたりゅうへい》は階段の途中で立ちどまり、遅れてついてくる妻の貴子《たかこ》に声をかけた。手を差しのべたが、首を振って断られた。息をはずませ、汗をかいているのに、貴子の顔は血の気を失い、紙のように白くなっていた。

「よくいらっしゃいました。どうぞ入ってください。ひとり暮らしなので気兼ねする必要はありません」

さぞや見晴らしのいい景色が出迎えてくれるのだろうという期待はあっさりと裏切られ、通されたのはまた階段だった。今度は地下に続く狭い急階段で、両側の壁が煉瓦でできていた。

趣はあるものの、暗かった。煉瓦の壁を照らしているのが蠟燭《ろうそく》のせいだろう。青錆の浮かんだアンティークの燭台と、オレンジ色に揺れる小さな炎。一歩、二歩とおりていくごとに、なんとも言えない不安がこみあげてきた。平穏な日常生活から切り離されていく感覚に胸がざわめき、背筋が寒くなっていく。

重厚な木製の扉を開けた向こうが、地下室になっていた。天井がやけに低く、息がつまりそうな穴倉じみた空間だった。奥行きはかなりありそうだが、黒い布で遮られていてよくわからない。間接照明が醸しだす物憂げな雰囲気と、室内のあちこちに散見される革の調度から、異様な圧迫感が伝わってきた。

「ようこそ、わがプライヴェート・ダンジョンへ」

家の主が、芝居がかった口調で言った。

「といっても、最近はもっぱら、音楽を聴きながら酒を飲んでいるだけですがね。ここで実際にプレイをしていたのは……それこそ、取り憑かれたように没頭していたのは、もう三年以上も前のことになる」

主の名前は綿貫京太郎《わたぬききょうたろう》という。四十代後半で、それなりに名のある内装デザイナーらしい。経営している会社のウェブページに掲載されていた写真では、知的でスマートな印象を受けた。実際に会うと無骨で男くさかった。太い眉、浅黒い肌、背が高く痩身なのに骨太。白いワイシャツにライトグレーのパンツという飾り気のない格好が、雄々しさをいっそう際立たせていた。

「ここで……SMプレイを……」

貴子が息をつめて部屋を見渡したので、竜平もそれに倣った。薄暗い間接照明に眼が慣れてくると、その部屋の異様さにますます息苦しさを覚えた。

低い天井からは、どういうわけか鈍色《にびいろ》に輝く鎖が何本も垂れさがっていた。飾りではなく、なにか特別な用途がありそうだった。

壁には黒革張りになっている一角があり、そこからも鎖が垂れさがっている。鎖の先についているのは黒革の手枷、全部で四つある。人間を――というか女の体を――X字に張りつけるための道具に違いない。

別の壁はダンススタジオさながらの鏡張りになっていた。その前に置かれたエロティックなデザインのベンチやひとり掛けのソファ――それもまた、女を責めるための道具なのだろう。セックスの匂いを濃厚に漂わせているのと同時に、たじろぎそうなほどの高級感がある。

こんな特殊な形をしたものが市販品にあるわけがなく、細部までこだわった特注品のはずだ。

地下室の隅には、こぢんまりとしたバースペースがあった。

綿貫はカウンターの中に入っていくと、

「どうぞおかけください」

前のスツールをすすめてきた。

「乾杯しましょう。赤ワインが苦手じゃなければ、絶品のピノノワールがある。白ならシャブリ、モーゼル。シャンパーニュはあいにく切らしてますが、ベルギービールやクラフトビールも冷えてますよ」

「ノンアルコールビールは……」

竜平は上ずった声で言った。

「いや、あの……クルマの運転があるんで、アルコールはちょっと……」

嘘だった。最寄りの駅までは電車で、駅からは歩いてここに来た。酒に酔って、判断力を失ってしまいたくなかったのだ。

「申し訳ないけれど、ノンアルコールビールは、ないな……」

綿貫は鼻白んだ顔で言った。

「ペリエでどうだろう？　ガス入りのミネラルウォーター」

「それでお願いします」

恐縮しながらうなずく竜平を尻目に、

「わたしは赤ワインをいただきます」

と貴子は言った。

「かしこまりました」

笑顔でうなずいた綿貫がワインオープナーを使いはじめると、竜平と貴子は並んでスツールに腰をおろした。

「……おいしい」

赤ワインをひと口飲んだ貴子は、眼を丸くした。綿貫は満足げに笑って、自分も赤ワインのグラスを口に運ぶ。口の中で転がし、ますます満足げな顔になる。竜平もなにか言いたかったが、炭酸水を褒めるわけにもいかず黙っていた。

「あの……どうして……」

貴子がまなじりを決して綿貫を見た。

「どうしてわたしたちを招待していただけたんです？　もう三年以上もプレイはしてらっしゃらないのに……」

竜平は眉をひそめて貴子を見た。アルコールが舌のまわりをよくするには、まだ早すぎる。

しかし貴子は、竜平の視線を横顔で断ち切り、まっすぐに綿貫を見て答えを待っている。

「それはもちろん……」

綿貫は柔和な笑みを浮かべて言った。

「あなたがたご夫婦に興味をもったからですよ。それに、プレイから離れていても、SMに興味を失ってしまったわけではないですしね。SMを通じてできた人脈は、僕にとって仕事でできた人脈と同じか、それ以上に価値のある財産なんです。メールの交換、あるいは直接会って酒を酌み交わしながら彼ら彼女らと交流するのは、もはや生き甲斐と言っていいかもしれない」

綿貫の声は低く落ち着いていて、耳に心地よかった。話す内容ではなく、話し方で人を説得できるタイプだと、竜平は思った。

「しつこくてごめんなさい、でも……」

貴子がカウンターに身を乗りだしていく。

「どうしても知りたいので質問させてください。わたしたち夫婦に興味をもったとおっしゃいましたが、いったいどのへんに……」

「まあまあ」

綿貫はたしなめるように笑った。

「それはおいおいわかっていくと思いますから、そう焦らず……ただ、ひとつだけ言えるとすれば、奥さん、あなたがフラワーアレンジの仕事をしているというのがよかったのかもしれない。以前メールにも書いたと思いますが、ネットで作品を拝見して、さすが新進気鋭の作家さんだって率直に感服しました。美しいものを愛でる気持ちがある人とはきっとどこかで通じあえる、そう思っているところがあるんですよ、僕には……」

貴子はまだ納得がいかないようだったが、竜平には彼の気持ちがわかる気がした。

男同士だからである。

妻の貴子は、有り体に言って男好きする美人だった。「美しいものを愛でる」と言うなら、花などもちださなくても、貴子自身に宿っている美しさがある。美人であると同時に、小柄で童顔だから一見すると可愛らしくもあり、そのくせ気の強さとプライドの高さを隠さない。壁の花になっているだけの並みの美人より、男にとってはずっと征服欲をそそられるはずだ。

スタイルだって悪くなかった。身長一五二センチながら、出るところは出て引っこむところは引っこんでいるトランジスタグラマー。若いときから童顔とちぐはぐなくらいセクシーだったが、二十九歳の現在、その色香はピークに達している。本人にその気がなくとも、無意識にフェロモンを振りまいているところがある。

自宅の地下にSMルームをつくるほど好色な男が、貴子に興味を示した理由なんて、エロスを感じたからに違いなかった。

綿貫の眼つきを見ていればよくわかる。とっておきの赤ワインを楽しんでいるようなふりをして、視線が貴子に忍び寄っていく。犯すように這うまなざしで、期待に違《たが》わぬ女かどうか品定めしている。

2

竜平は今年三十歳になった。妻の貴子よりひとつ年上だ。

二年前までテレビ制作会社に勤めていたが、結婚を機に退職し、フラワーアーティストである貴子のために、マネージメントオフィスを興した。ネットに押されっぱなしのテレビ業界にしがみついているより、二人三脚で貴子を売りだしていく未来に夢を感じたからだった。なにより、貴子を愛していた。彼女を成功に導くことこそ自分にできる最大の愛情表現であると信じ、寝る間も惜しんで働いている。

その努力は着々と実りはじめていて、上場企業のエントランスに花を飾ったり、一流ホテルが主催するイベントから声がかかったり、国内外の画廊で個展の話が進行中だったり、右肩あがりだと言っていい。

ただ、この二年間、仕事に没頭するあまり、プライヴェートを犠牲にしすぎてしまった嫌いがある。いまは売り出し中の大事な時期だからと、結婚式もハネムーンも先送りにし、夫婦ふたりでデートを楽しむ余裕さえない。

となると、必然的にスキンシップも減っていく。結婚前には会うたびにセックスをしていたが、いまではほとんどしていない。交際期間を含めれば五年以上の付き合いになるから、セックスレスも普通かもしれなかったし、そもそもお互いに性には淡泊なほうだった。仕事が増え、評価もついてきている現在、ふたりで力を合わせて頑張っている実感があるので、セックスなどしなくても愛が摩耗している感覚はない。むしろ、毎日が充実し、絆は強まっているように思える。

ならば、セックスなどしなくてもいいのかもしれなかった。なにも一生しないわけではない。そのうち長い休暇をとって南の島にでも行き、思う存分抱きあえばいい。そんなふうに考えていた。

貴子もその点は一致しているはずだった。なにしろ彼女は、性に淡泊なだけではなく、ベッドの中であれはするなこれはするなとNGが多い。淡泊というより嫌悪しているのではないかと思うことさえしばしばあり、しかも竜平から誘ってほしくないらしいのだ。恋人時代もお互いに忙しく、逢瀬は月に一、二度程度だったので、デート＝ベッドインが暗黙の了解だったが、一緒に住んでいればいつでもどこでも始められる。貴子にはそれが多大なるプレッシャーだったらしい。

「したいときはわたしから誘うから、それでいいよね」

半年前、そう宣言された。話しあいの余地もない感じだった。

竜平としても、仕事で疲れている妻をベッドでさらに疲れさせるような真似はしたくなかった。どんなにきついスケジュールを組んでも、文句ひとつ言わず引き受けてくれる妻に敬意を払い、彼女の提案を受け入れた。

結果、月に一度、二カ月に一度、とセックスをする間隔がどんどん開いていった。妻からの誘いを待つという約束をした以上、竜平からはなにもできないまま時間だけが過ぎていき、気がつけばもう三カ月も体を重ねていない。

本当にこれでいいのか、と思わないこともなかった。

スケジュール的には、長い休暇をとって南の島に行くなんて夢のまた夢、少なくとも二、三年は先のことになるだろう。

サラリーマンなら強引に休むことができても、貴子はクリエイターなので体だけ南の島に連れていっても意味がないのだ。中途半端に保留してきた仕事が気になって、よけいにストレスフルな時間を過ごすことになる。彼女をのんびり休ませるためには、達成感のあるビッグプロジェクトをいくつか成功に導いて、「はい、仕事は一段落」という状況をつくってやらなければならないと竜平は考えていた。


貴子が自慰をしている場面に出くわしたのは、そんなある日のことだった。

深夜、喉の渇きに眼を覚ますと、隣に妻の姿がなかった。トイレにでも行っているのだろうと思いながら、竜平は水を飲むためにキッチンに向かった。妻はリビングのソファで横になっていた。自分のいびきがうるさかったのだろうかと不安になった。夫のいびきがうるさくて眠れないという話を、知人女性から聞いたばかりだったからだ。

照明が消された暗いリビングの中、ぼうっと光るものがあった。妻は眠っているわけではないようだった。こちらに後頭部を向け、スマホを眺めていた。

「おーい」

恐るおそる声をかけた。いびきで眠れないのなら、自分がソファに移動するつもりだった。

しかし、妻からの反応はない。

「おーい」

もう一度、声をかけた。先ほどより少しだけ大きな声で。

まだ反応がない。

怒っているのかと不安を覚えつつ近づいていくと、スマホから延びている白い線が見えた。イヤホンのコードだ。それで両耳を塞いでいるから、こちらの声が聞こえなかったらしい。肩を叩こうとした手を、途中でとめた。

スマホの画面に映っていたのが、女の裸だったからだ。ひと目でAVとわかるM字開脚とモザイク。そして貴子の右手は、パジャマのズボンに入っている。中で手が動いている。体もだ。息をはずませながら、もじもじと……。

竜平は顔から血の気が引いていくのを感じた。

これはあきらかに見てはいけない場面だった。夫婦といえども、踏み越えてはいけない一線はある。

仕事で疲れてセックスはしたくないが、二十九歳の健康な体から性欲まで消えてなくなったわけではない……。

べつにおかしな話ではなかった。オナニーで手っ取り早く欲望を処理し、安眠をむさぼりたいと妻が考えていたとしても、軽蔑するつもりなどなかった。竜平にしても、そういうときはひとりバスルームで精を吐きだしている。

気配をたてないようにまわれ右をし、寝室に戻ろうとしたときだった。

「竜ちゃん」

妻が後ろから声をかけきた。

振り返ると、妻は呆然とした顔でこちらを見ていた。乱れた髪が妙に淫らだった。なにか言いたげに唇を動かしながら、イヤホンを片方ずつはずした。唇は動いても、言葉は出てこない。

時間がとまった感覚があった。

竜平の手脚は怖いくらいに震えだしていた。

妻にうながされ、ソファに並んで腰をおろした。

五分以上、お互いに顔をそむけて押し黙っていた。

地獄のようだった。

こちらが見て見ぬふりをしようとしたのだから、たとえ気づいても黙って行かせてくれればよかったのに――そう思ったわけではない。竜平はただ、後悔の念と罪悪感だけに心を乱していた。

時刻は午前二時を少しまわったところだった。どうして今日に限って、喉が渇いて眼が覚めてしまったのだろう？　夜中に水なんて飲んだら寝つけなくなるだけなのに、なぜキッチンに来ようとしたのだろう？

「軽蔑した？」

横顔を向けたまま、貴子が言った。

「まさか」

竜平はあわてて首を横に振った。

「大人なんだし……したくなることもあるだろう。かえって悪かったよ。普通なら、こんな時間に眼を覚まさないんだが……」

「やさしいね」

ひどく荒《すさ》んだ口調で返された。

「竜ちゃんはいつもわたしにやさしい。わたしは甘えてばっかり。わがままで、自分勝手で、迷惑かけても謝らないで……」

「よしてくれよ。貴ちゃんは俺の生き甲斐なんだ。キミに出会えて、二人三脚で人生を歩めて、本当に幸せだって思っている。だから貴ちゃんには、俺なんかに気を遣わないで伸びのびやってほしいんだ。わがままとか自分勝手なんて思わないよ、貴ちゃんは芸術家なんだし……」

竜平は貴子を見て言ったが、彼女は眼をそらしていた。恥にまみれて、こわばった顔をしていた。ある意味しかたがなかったが、いつも強気な彼女にそんな顔をさせておくのはつらかった。

「とにかく！」

パンと膝を叩いた。

「いまのはさ、夢の中の出来事だったということにしよう。現実じゃなかった。いいよね、それで……」

竜平は立ちあがって寝室に戻ろうとしたが、できなかった。貴子がTシャツの背中をつかんできたからだ。

再び地獄の沈黙に耐えなければならないのかと、竜平は苦りきった顔で座り直した。夢ということにしておけばいいではないか……それですべてが丸く収まるのに、これ以上なにを話しあおうというのか……。

「……どうする？」

心ここにあらずの状態だったので、妻の言葉を聞き逃した。「どうする？」の前になにか言っていた。

「ごめん、いまなんて言った？」

貴子は大きく息を吸い、それを吐きだしてから、噛んで含めるような口調で言った。

「わたしがね、実はマゾだったら、竜ちゃん、どうする？」

竜平は一瞬、ポカンとしてしまった。なんとも言えない気まずい空気が、ふたりの間に流れた。

「なんだよマゾって？　サドマゾのマゾかい？」

貴子がうなずいたので、

「おいおい……」

竜平は失笑してしまった。

マゾではなく、サドだというならまだわかる。彼女は顔に似合わず、鼻っ柱が強くて気位が高い。おまけにセックスそのものもそれほど好きではなさそうだから、男の下になってピストン運動を受けとめているより、男を足蹴にしたいと言われたほうが納得できる気がする。

その彼女がマゾ？　いじめられて悦ぶ？　縄で縛られたり、ご主人さまの足を舐めたり？

まったく意味がわからない。

「それって、どういう種類の冗談なんだい？」

「冗談じゃ、ないの」

貴子は言い、唇を嚙みしめた。

「いやいや、だって貴ちゃんは……」

「冗談じゃないから、わたし、とっても苦しんでるのっ！」

深夜とは思えない大声で叫ばれ、竜平は言葉を返せなくなった。貴子は険しい表情で、眼に涙を浮かべていた。元々感情の起伏が激しいほうだが、ここまで激昂し、涙眼になってなにかを訴えてくるのは珍しい。それも、自分はマゾであるというカミングアウト。混乱するなというほうが無理な相談だった。

スマホに映っていた動画を見せられた。ＳＭもののＡＶだった。

竜平は返す言葉を失ったままだった。

なんだか本当に、悪い夢でも見ているような気分になってきた。

3

綿貫が貴子のグラスに赤ワインを注ぐ。

彼女は下戸ではないが、それほどアルコールが得意でもない。よほどそのワインが口に合ったのか、あるいは酔わずにいられないのか、早くも三杯目だった。

「ＳＭのビデオは、いつから見るようになったのかな？」

綿貫に訊ねられ、

「それは……わりと最近です……」

貴子は眼を伏せて答えた。

「二、三カ月前からでしょうか……一度そういうサイトを見つけてしまうと、なんだか次々と見たくなってしまって……」

赤の他人からのきわどい質問に、妻が躊躇なく答えたのには理由がある。ふたりはすでに何度もメールでやりとりし、妻が性生活や性癖について相談していた。竜平も文面を見せてもらった。貴子の問いかけが赤裸々でも、綿貫の受け答えは常に丁寧かつ穏やかで、まるでカウンセラーのようだった。

「セックスレスが原因なんだよね？」

「そうです、と言いきってしまうのは夫に悪いんですけど……わたしにも誘わなかった非があるから……夫とするのは面倒でも性欲はあるという状況に戸惑っていて、でもとりあえず性欲は解消しないといけなくて……」

「そういう状況、男にもあると思いますよ。ねえ、ご主人？」

竜平は曖昧にうなずいた。

貴子はこちらを一瞥もせずに言葉を継いだ。

「ＳＭには昔から興味があったんです。あんまり認めたくなかったんですけど……」

「興味をもつようになったきっかけ、みたいなのはあるのかな？」

貴子はコクンとうなずいた。

「結婚するずいぶん前の話、二十歳のころでした。付き合っていた彼に縛られたことがあるんです。いつも彼の部屋でエッチしていたんですが、あるとき、ロープを持ちだしてきて縛らせてほしいって言われたんです。ホームセンターでわざわざ買ってきたらしくて……わたしはやさしい男の人としか付き合ったことがないんですけど、彼もそうでしたから、怖いって感じはしませんでした。ドン引きしたりもしなかった。わたしはわたしで、セックスを覚えたてだったから、好奇心もありましたし……カマトトぶるのが恥ずかしいというのもあったかな？　それで、縛られました。両手を背中で、両脚は大きくひろげられて……痛くはなかったです。いちいち『大丈夫？　痛くない？』って確認されましたし……でも、身動きができなくなって、正面から自分の体を見られたときはすごいショックで……わたし、泣きだしちゃったんです。虚勢を張っていても、二十歳の小娘ですからね。動けないことが急に怖くなって、隠すこともできないところをジロジロ見られてるのが死にそうなくらい恥ずかしくて……彼はあわてて、ロープをほどいてくれました。わたしはバスルームに駆けこんで、三十分くらいさめざめ泣いて……結局、それとは別の原因で別れることになってしまったんですけど、ふたりの間では最後までその話はタブーでした。でも、わたしは気になっていた。縛ったわたしを、彼はどうしようとしてたのかなあって、別れてからもすごい考えちゃって……女を乱暴になんて扱えない人なんです。そこはもう、信頼してました。そんなやさしい彼が、わたしを縛ってなにがしたかったのかなって……パニックになって泣きだしたりしなければ、経験することができたと思うと……後悔が……」

話を聞いている竜平にショックはなかった。あらかじめ聞かされていた話だったからだ。もちろん、初めて聞いたときは驚いた。遊び半分でSMプレイをした過去にではなく、それを十年近く経ったいまでも引きずっていることにである。

「彼にはSMの経験があったのかな？」

「なかったと思います。AVを観て好奇心をもったとか、そういう感じだったんじゃないかな」

「危ないんだけどね、初心者がロープで縛ったりするのは……」

綿貫は溜息まじりに言葉を継いだ。

「女性が感じはじめて身をよじったりすると、血管にロープが食いこんでしまうことがある。首なんか締まったら死んでしまうしね。僕らはそういうリスクにきちんと備えてるけど、初心者は縛ることに舞いあがってしまって、まったく気がまわらない」

自分はいかにもSMのエキスパートであるというような驕《おご》った口ぶりに、竜平は眉をひそめそうになった。彼に対して初めて不快感を覚えたが、

「たしかにそうかもしれません」

妻は綿貫に同調した。

「固く結びすぎて、ほどくのにすごく時間がかかって……」

「まあ、いい。重要なのは、それがきっかけで奥さんがSMに興味をもったことのほうでしょう。縛られてみることに興味があるんだね？　縛られた、その先に……」

「そう……だと思います……」

「SMにもいろいろあるけど、どういうものを想定しているのかな？　鞭打ちとか、蠟燭責めとか……」

「そういうんじゃなくて……たぶん恥ずかしい思いをさせられたいんだと思います。羞恥プレイ？　わたし……自分でもちょっと引くほど恥ずかしがりなんですけど、だから逆に、手も足も出ない状態で恥ずかしいことをされると……興奮しそう」

「なるほど」

ふたりのやりとりを聞きながら、竜平は内心で苦りきっていた。とんだ茶番だった。妻が今日、実験的に縛られてみるというのは、ここにやってくる前からすでに決まっていた。

裸にはならない。着衣の上からの緊縛という条件で、竜平もOKを出していた。これはセックスではないから浮気ではない、と妻は主張した。そうなのかもしれなかった。そういうふうに思いこもうと努力した。それでも、釈然としない部分は残る。残るに決まっている。

「それじゃあ……」

綿貫が声音をあらためた。

「軽く縛ってみるかい？」

妻はしばらく息をつめていたが、やがてコクンとうなずいた。

「よろしいかな、ご主人も」

了解してここにやってきている以上、竜平もうなずくしかなかった。平静を装っているのが、だんだんしんどくなってきた。

綿貫がカウンターの中から出てくる。妻をスツールから立ちあがらせ、鏡張りになった壁の前に連れていく。綿貫の態度は愛人をレストランにエスコートするような悠然としたものだったが、妻のほうは歯科医の診察室に呼ばれて震えながら足を踏みだす少女みたいだった。

「初めに、本気でやめてほしくなったときの合図を決めておこう。ダメ、いや、やめて、と言っても、僕はやめない。たとえ悲鳴をあげながらでもね。本気でやめてほしくなったらストップだ。ストップと言ったら、すぐにプレイを中断する。いいかな？」

鏡越しに綿貫を見て、妻がうなずく。

上着はすでに脱いでいたので、ぴったりしたベージュの半袖ニットに、臙脂《えんじ》色のフレアスカートという格好だった。足元は焦げ茶色のパンプス。花を生けるとき以外、時に奇抜なほど派手な装いを好む彼女にしては、シンプルでおとなしいコーディネイトだ。

綿貫は壁にかかっていた真っ赤なロープを取ると、妻の両手を後ろにまわし、縛りはじめた。先ほどまでは言葉のキャッチボールを楽しむタイプに見えたのに、ロープを手にした途端、険しい表情で唇を引き結んだ。

妻も口をきかなかった。鏡に向いた眼だけを、しきりに動かしていた。そわそわと落ち着かない感じだった。綿貫が操る真っ赤なロープが乳房の下にまわると、大きく眼を見開いた。声はあげなかったが、心が震えているのがはっきりと伝わってきた。

綿貫は、二重にしたロープを乳房の上と下に通し、ふくらみをくびりだすように縛りあげた。妻の乳房は小さくなかった。小柄な体に似つかわしくないほど豊満なのに、さらに迫《せ》りだすような格好にされた。服を着ているにもかかわらず、息を呑まずにいられないほどいやらしかった。

綿貫は妻の後ろに立っていた。鏡越しに、妻を見ていた。時折、わざとらしく横側から首を伸ばし、肉眼で顔色をうかがう。その眼つきはにわかに冷徹さを帯び、眼光も鋭くなっていく。

一方の妻は、綿貫に顔をのぞきこまれても、決して視線を合わせようとしなかった。ただ、チラチラと鏡に映った自分自身の姿を確認している。次第に、眼つきがトロンとしていく。

綿貫は妻を、すぐ側にある器具に座るよううながした。

筋トレマシーンのようでもあり、分娩台のようでもあるそれは、けれどもどちらの用途にも似つかわしくないほどエロティックだった。赤黒く光るヌメ革や、銀の鎖がそう思わせた。SM専用の器具なのだろう。

逆Vの字になった足置きに妻が足を載せると、黒革の足枷が足首に装着された。妻はこれで、両手両足の自由を完全に失ったことになる。鏡に映った自分を眺める眼つきがますますトロンとして、瞳の潤み方が尋常ではなくなっていく。

綿貫が器具を操作した。電動で逆Vの字の足置きが開きながら折れ曲がっていき、妻の両脚はM字に割りひろげられていった。

妻が穿いている臙脂色のフレアスカートは膝丈だったので、すぐにきわどい格好になった。股間だけはかろうじて隠れていたが、肌色のストッキングによって艶やかな光沢が与えられている太腿は、根元付近まですっかり見えてしまっている。彼女の体の中でもっとも女らしいパーツのひとつだった。そうやって開かれると、逞しいほどの肉づきがよくわかる。

綿貫が妻の顔をのぞきこんだ。

妻はそれを拒むようにいやいやと首を振る。しかし、彼女の眼の下はすでに、生々しいピンク色に染まりはじめていた。呼吸もはずみはじめている。

なにが起こっているのか、竜平にはよくわからなかった。妻はまだ拘束されただけで、性感帯に刺激を受けたわけではない。

なのに、瞳を潤ませ、呼吸をはずませている。興奮していることは間違いないようだったが、拘束されただけで興奮することなんてあるのだろうか？

きっと、あるのだろう。妻はいま、これからなにが起こるのか想像しているのだ。竜平には想像もつかないことで頭の中をパンパンにして、息をはずませているのだ。

隠しつづけた性癖がいよいよ暴かれようとしている、ということらしい。妻が望んだセックスファンタジーが、いままさに実現されている……。

妻がくぐもった声をあげた。

臙脂色のフレアスカートがめくられたからだった。

肌色のストッキングに、ゴールドベージュのパンティが透けていた。サイドがレースになっている高級感漂うランジェリーだったが、妻はパンスト姿を見られることを、極端に嫌がる女だった。ランガードやセンターシームが美しくないからだ。それが男の眼には卑猥に映ることも、彼女にとっては不快なのだ。

それでも、ストップと言わなかった。先ほどまで顔をのぞきこまれるのをあれほど嫌がっていたくせに、首をひねってすがるように綿貫を見る。

今度は綿貫が、妻の視線をスルーした。彼が見ているのは、露わになった妻の股間だった。視線がセンターシームの上を這っていた。やけにこんもりと小高く盛りあがった恥丘を、舌なめずりしそうな顔で眺めている。

眼つきは冷徹なままだったが、その視線には威力があるようだった。見られるほどに妻は声をもらし、M字開脚に拘束された体をよじっている。必死に首をひねり、眼を見開いて、助けを乞うように綿貫を見る。まるで哀れな囚人のように。

自分が望んだことじゃないか……。

竜平は貧乏揺すりがとまらなくなっていた。いままで経験したことがないほどの激しい感情がこみあげてきて、それを抑えこむのに必死だった。

怒りなのか悲しみなのか、嫌悪なのか軽蔑なのか、苛立っているのか呆れているのか、感情の正体はわからない。とにかく脳味噌が沸騰し、全身の血液が逆流していくような感覚があり、脚だけではなく握りしめた拳まで震えだす。しっかり自制心を保っていないと、正気を失ってしまいそうだ。

愛する妻が、これ以上なく淫らな格好で他の男に下着姿を見られている。しかしそれは、妻が望んだことであり、妻自身の欲望——いくら理解しようと努力しても、理解できなかった。

綿貫は妻の願いを叶えるためにこんなことをしているのだから、彼に怒りをぶつければいいということにはならない。いくら拳を震わせたところで、こみあげてくる暴力的な衝動のもっていき場がない。

そもそもなぜ自分がこの場に立ちあっていなければならないのか意味がわからず、頭に血がのぼりすぎて意識が遠くなっていきそうだ。

4

「わたしがね、実はマゾだったら、竜ちゃん、どうする？」

貴子が唐突にカミングアウトしてきた夜、竜平は彼女と明け方まで話をした。大切な仕事のことでさえ、あれほどシリアスな雰囲気で話したことはない。

竜平は最初、夫に自慰を見つかった妻が、自棄になって訳のわからないことを言いだしたのだろうと思っていた。彼女には多少、そういうエキセントリックなところがある。いきなりマゾと言われたことまではなかったが、発想の飛躍がすごいのだ。

自慰が見つかって恥ずかしい↓恥ずかしがっていてはよけいに恥ずかしい↓夫に隠していた性癖があったことにしたらどうだろう？↓それに気づいてくれず、欲望を埋めてくれなかったとすれば、夫にも責任がある↓夫を責めることで、すべてをうやむやにできるのでは？

普通に考えればとんでもない飛躍が、彼女の中では不自然ではないのだ。竜平は妻のそういう性格をポジティブにとらえていた。彼女は普通の人間ではなく、アーティストだからだ。なにごとも反省せず、どこまでも自分を肯定できる破天荒なパワーが必要な職業だった。芸術家とはつまり、自分の不注意で石につまずいても「地球が悪い！」と叫ぶ人種なのである。

とはいえ、そのときばかりはいつもと様子が違った。

元カレに緊縛されて泣きだしたエピソードを切々と話す貴子からは、彼女らしからぬナイーブさが伝わってきた。そもそも、性について赤裸々に語ることだけでも珍しいので、竜平も真剣に受けとめるしかなかった。貴子にとってセックスは排泄と同じで、絶対に他人には隠しておきたいものなのだ。いくら仲のいい夫婦でも排泄シーンを見せあうことがないように、セックスも薄暗い闇の中でコソコソと営んで、普段は知らんぷりしていたいというわけである。

気持ちはよくわかった。というより、竜平は貴子のそういうところを好いていた。他人より極端に高潔なぶん、彼女の生ける花は凛として美しいのだ。気高くて清らかで瑞々しい透明感があるのだ。竜平だけがそう思っているわけではなく、世間の評価とも一致している。

それがマゾ？

貴子が自分の性癖について真面目に訴えれば訴えるほど、竜平は混乱していくばかりだった。

「つまり、貴ちゃんは、こう言いたいわけ？　自分はマゾだから、僕にサディストっぽいことをしてほしいって……」

「違うの。そうじゃないの。だいたい、竜ちゃんにそんなことできないでしょ？」

うなずくしかなかった。性に淡泊なだけではなく、ＳＭに興味がないだけでもなく、竜平は愛する女を乱暴に扱えないのだ。逆立ちしたって自分がサディストになれないことくらい理解できる。

「じゃあ……別れたいのかい？」

言った瞬間、竜平はドキリとしてしまった。自分の言葉が自分の胸に突き刺さった感じだった。

「僕みたいなナヨナヨした男とは別れて、女を縄で縛りあげたり、鞭で打っちゃうような、そういう男と付き合いたいわけ？」

「全然違う……」

貴子は見たこともないほど哀しげな顔で、首を横に振った。

「わたしは心から竜ちゃんのことを愛してる。生涯のパートナーはあなたしかいないと思ってる。わたしみたいなわがままな女、上手に扱ってくれるの、竜ちゃんしかいないもの……」

「……でもセックスはよくないんだろ？」

恨めしげにボソッというと、貴子は心底困った顔をした。

「よくないんじゃないの……そうじゃないんだけど……」

「なんだよ？」

「なんて言うんだろう……ちょっと話の角度を変えてもいい？　たとえばだけど、愛情と欲望は別って考え方があるじゃない？」

「……よくわからない」

「男の人って言うじゃないの。浮気は別腹とか、風俗は浮気のうちに入らないとか。愛してるのは奥さんだけでも、欲望を処理したくなるときがあるって……」

「頼むよ、貴ちゃん……」

竜平は目頭が熱くなってきそうだった。

「浮気は別腹なんていったい誰が言ってるんだい？　僕じゃないよね。貴ちゃんの話は、結婚生活はいままで通りでも、欲望はＳＭクラブかなんかに行って処理したいって、そういうふうに聞こえるよ？」

さすがに否定されると思った。貴子が言っている欲望とは、せいぜいＳＭの動画を見ながら自慰をすることで、それについては不問にしてほしい、そういうことを考えているのだと思った。

　しかし、貴子が下を向いて黙ってしまったので、竜平は呆然とした。

「本当に行きたいのかよ……」

「ＳＭクラブじゃないけど……」

　貴子によれば、ネット上で知りあったＳＭに詳しい男とメールで何度もやりとりしていて、その人に会いたいらしい。もちろん、相手は綿貫だったわけだが、事態がそこまで進展していたことに、竜平はショックを隠しきれなかった。

　彼女はなにも、今夜衝動的にＳＭの動画で自慰をしたのでもなければ、口から出まかせでマゾであることをカミングアウトしたわけでもなかったのである。三カ月以上前から、悶々としていたという。

　申し訳ないことをしてしまった、と竜平は思った。貴子の内面にそういう変化があったことを、まるで知らなかった。気づいてやれなかった。夫としてもマネージャーとしても、失格かもしれない。しかし、だからといって……。

「その人はけっこう名のある内装デザイナーで、変な人じゃないの。ＳＭ愛好家でも常識人。会いたいってお願いしたら、ご主人の許可がなくちゃダメだって……それはもちろん、わたしだって思ってた。竜ちゃんに内緒で会いにいったりしたら、たとえお茶を飲むだけにしろ、きっとものすごい罪悪感で、まともに顔が見られなくなっちゃうかもしれないって……」

貴子は嘘を言っていない、と竜平は思った。彼女ほど正直な人を、竜平は他に知らない。まずなによりも、自分に正直なのだ。自分に嘘をついたり、あざむくことが絶対にできない。

「べつにいいんじゃないか……お茶を飲むくらい……」

捨て鉢な気分で吐き捨てると、

「せっかく会うなら、縛られちゃダメ？」

貴子がとんでもないことを口にしたので、竜平はさすがに睨みつけた。彼女を本気で睨んだのなんて初めてだったので、自分が怖くなった。いよいよ自制心が壊れはじめているのかもしれないと……。

「待って！　待ってよ、竜ちゃん！　怒るよね？　奥さんにそんなこと言われて怒らない人いないよね？　でも聞いて。縛るっていっても、服の上からだから。裸になんかならないから。ちょっとは体に触られちゃうかもしれないけど、キスとかだってしない。それだったらさ、ホットヨガのスタジオに行くのとあんまり変わらないんじゃないかな。竜ちゃんとしては、ＳＭクラブに行くみたいで嫌かもしれないけど、ジムで筋トレしてたって、トレーナーの人に体触られちゃうことくらいあるもの。あるのよ。スポーツジムってけっこうベタベタ触ってくるのよ」

話をすり替えて強引に押しきろうとするところは、いつもの彼女と一緒だった。テーマがSMというところだけが、いつもとかけ離れすぎている。彼女の顔はもう、恥にまみれてひきつっていなかった。自慰を見つかってしまったことなんて、忘れてしまったのかもしれなかった。そうとでも考えなければ辻褄が合わないくらい、眼をキラキラと輝かせている。

もしかすると……。

夜中にリビングのソファで自慰をしていたのも、きっかけが欲しかったからなのかもしれない。性に蓋をして生きてきた貴子は、そういう極端なシチュエーションでも演出しなければ、カミングアウトできなかったのではないか。

「……少し考えさせてもらっていいかな？」

うなだれて深い溜息をもらすと、

「じゃあ、もうひとつ考えて」

貴子は手を握ってきた。いつもひんやりしている手が、今夜に限って熱く火照って汗ばんでいた。

「竜ちゃんにも、一緒に来てほしい」

「はあ？」

「わたしが縛られにいくとき、一緒に来て」

「どっ、どうして僕が……」

「愛してるからでしょ！」

まっすぐに眼を見て言われ、竜平はたじろいだ。

「わたしだってね、竜ちゃんを傷つけちゃうことくらい、ちゃんとわかってる。だから、わたしだけ無傷でいようとは思わない。ちゃんと傷つきます……わたしはたぶん、生まれて初めてっていうくらい恥ずかしい目に遭うと思うの。竜ちゃんにだけは見られたくないって、そう思うはずなの……だから、逆に見てほしい。わたしが恥をかくところ、竜ちゃんに……」

竜平はにわかに言葉を返すことができず、眼を輝かせて言葉を継ぐ貴子の顔を呆然と見つめていた。正直なところも、自分なりに誠実であろうとするところも、そのくせわがままで強引なところまで、竜平が愛する妻の性格そのままだった。

だから逆に、彼女がマゾヒストと言い張っていることだけが、異常に思える。これが現実だと、どうしても信じられない。出会ってからの記憶をいくらひっくり返しても、兆候すら見当たらなかった。特殊な性癖とはそういうものなのかもしれないけれど、理解も納得もできなかった。

「無理だよ……僕は見たくない……見たいとも思わない……貴ちゃんが縛られて恥をかかさ

れるところなんて……」

力なく首を振りつつも、一緒に行くしかないんじゃないか、ともうひとりの自分が言っていた。

行ってこの眼で確かめるべきだと。

夫を説得するために頑張っているせいで、いまの貴子は奇妙なくらい明るいけれど、これが運命の分かれ道になるかもしれないのだ。

SMプレイに身を投じた貴子が――たとえそれが着衣の上からの軽いプレイだったとしても、マゾヒズムに本格的に目覚めてしまったら、ふたりの関係は危機的な状況に陥るだろう。

竜平がSMに興味をもたない以上、貴子は欲望の捌け口を夫以外の誰かに求めるしかない。

それを許すことが、できるのか、できないのか……。

竜平にはとてもできそうになかった。

となると、自分たちの未来はいったい……。

5

竜平はスツールの上で脚を組み、膝を抱えた前傾姿勢になっていた。

勃起を隠すためだった。

妻は普段、暗いところでしか裸にならない。下着姿すらじっくり見たことがなかったので、ストッキングに透けたゴールドベージュのパンティに反応してしまった。その地下室も薄暗かったのだが、綿貫が照明を変えたのだ。妻のところにだけ、スポットライトがあたるように。

鏡に映ったM字開脚の妻は、下半身のボディラインを露わにしていた。小柄なのに太腿が逞しいくらい肉感的なのが貴子という女だった。

肉感的というのなら、真っ赤なロープにくびりだされたバストもそうだった。ベージュのニットを着たままだったし、その下にはブラジャーだって着けているはずだが、砲弾状に迫りだした形がいやらしすぎて眩暈《めまい》を誘う。

「大丈夫かな？」

綿貫が妻に問いかける。

「まだ続けていいなら、少し愛撫をしますけれど」

「……大丈夫です」

妻はうなずいた。声こそ蚊の鳴くような弱々しいものだったが、継続の意思をはっきりと示した。

綿貫の視線が竜平に向いた。うなずくしかなかった。なにしろこちらには、ストップと言ってとめる権限すら与えられていないのである。

おかげで、妻がパンティを露わにされた瞬間、開き直るしかなくなった。こうなったら、納得するまでやってもらえばいい。自分の知らない妻の本性をとことん暴いていただこうと……。

綿貫がチェストの引き出しからなにかを取りだした。電気マッサージ器＝電マだった。なにが「少し愛撫を」だと、竜平は憮然とした。女の細腕ほどもある電マをブーンブーンと唸らせて、綿貫は鏡越しに妻を見た。

妻は顔色を失い、頰を思いきりひきつらせている。彼女は大人のオモチャの類いを蛇蝎《だかつ》のごとく嫌っていた。少なくとも、竜平が知る貴子は……。

綿貫は、唸る電マのヘッドを真っ赤なロープにくびりだされた乳房に近づけていった。いきなり強く押しつけたりはしなかった。いまにも押しつけそうなふりをしつつ、接触さえなかなかさせない。

それでも妻は後ろ手に緊縛された上半身をよじる。ハアハアと呼吸を荒らげていく。時折、鏡越しに眼が合ってしまいそうになり、竜平はあわてて眼をそらした。どんな顔をして妻を見ていいかわからなかったからだ。

妻が悲鳴をあげた。

電マのヘッドが、ついに乳房の先端に触れたのだ。竜平は電マを使ったことがなかった。いまやアダルトグッズとしての用途のほうが広く知られているが、本来は肩凝りなどをほぐすために開発された純粋なマッサージ器らしい。振動の具合は想像がついた。気持ちがいいのかどうかまではわからなかったが、ブラジャーのカップに保護されている乳首まで、刺激は届くはずだ。

綿貫は冷めた眼つきで妻を眺めながら、左右の乳房を交互に嬲《なぶ》った。妻は激しく身をよじっている。両手を背中で縛られ、胸を突きだすような格好で緊縛されているので、その様子がひどくいやらしい。セックスのときに感じるのとは、種類が違ういやらしさだ。いじめや折檻の裏に潜んでいる、暗い興奮のようなものか。

また悲鳴があがった。

電マの振動が股間をとらえたからだった。妻の両脚は特別な器具によってM字に割りひろげられ、拘束されている。閉じようと思っても閉じることはできない。ぶるぶると振動する電マのヘッドで小高い丘を撫でられると、体に込めた力が逞しい太腿を波打たせた。さらに、ゴールドベージュのパンティがぴっちりと食いこんだ股間を、しゃくるように跳ねあげる。クイッ、クイッ、と何度も何度も……。

救いがたいほど情けない光景だった。股間に電マをあてがわれて悶絶している姿なんて、ある意味、裸を見られるより恥ずかしいのではないだろうか。

実際、妻は顔をくしゃくしゃにして羞《は》じらっている。彼女の眼には、鏡に映った自分の姿が映っているのだ。自分がなにをされているのか客観的にも見られるから、よけいに羞恥心を揺さぶられるのだろう。

綿貫の愛撫は執拗だった。冷めた眼つきで電マを操りながらも、手つきは繊細かつ大胆で、緩急をつけながら女がいちばん感じる部分に振動を送りこんでいく。妻の悲鳴がとまらなくなった。乳首はニットとブラジャーに守られていたが、股間を覆っているのは極薄の生地が二枚だけ。ほとんど直にあてがわれているのと変わらない刺激が、敏感な性感帯に襲いかかっているはずだった。

そんな状況が十分も続くと、妻の眼つきは完全におかしくなってしまった。悲鳴はどこまでも甲高くなり、呼吸は荒々しくなっていく一方で、電マのヘッドが離れているときでも股間をしゃくるのをやめられない。刺激をねだるように上下させては、髪を振り乱してあえぎにあえぐ。誰がどう見ても、欲情しきっているように思えるはずだ。

すると綿貫が、突然妻の口を塞いだ。

そんなに悲鳴をあげるな、という注意勧告なのかどうかわからないが、手のひらで口をすっぽりと覆い隠しつつ、電マで股間を責めつづける。妻はうぐうぐと鼻奥で悶え泣いている。ただでさえ息があがっているところに口を塞がれては、呼吸もままならない。くしゃくしゃに歪んだ顔が、みるみる生々しいピンク色に染まっていく。

綿貫が口を塞ぐのをやめた。息を吸いこもうと大きく口を開いた妻の口の中に、今度は指を突っこんで舌をもてあそびはじめた。

異常な光景だった。

竜平はSMについて、セックスの一環というか、それに通じる行為という認識があった。アブノーマルプレイといっても、要するにちょっと変わった前戯のようなものだろうと高を括っていた。

しかし、目の前で繰りひろげられているのは、セックスとは似ても似つかないものだった。雰囲気が全然違う。

男と女が求めあっている感じがしないからだ。普通なら仮初めにでも存在する愛が見えない。妻は拘束や電マによって、ただ一方的に欲情させられている。暴力的と言ってもいいような理不尽さで、性感を高められている。

セックスに似ていないからといって、そこにエロスがないわけではないところが、異常な感じに拍車をかけた。口の中に指を突っこまれた妻は、苦しげに眉根を寄せてあえぎながらも、あきらかに興奮していた。見ているだけで、体温が上昇していくのがわかった。紅潮した素肌から汗の匂いが漂ってきそうだった。夫の自分が見たこともないほど、濃厚な色香を振りまいていた。

これがあの妻なのか、と肉眼で見ていても信じられなかった。

竜平の知る貴子は、本当に性に淡泊な女なのだ。愛撫をしても濡れない、というようなことまではさすがになかったが、声や動きも控えめで、こんなふうに激しく乱れたところなど見たことがない。想像すらしたことがないかもしれない。

なのに、乱れている。興奮し、欲情している。屈辱的と言ってもいいようなやり方で性感帯を刺激されているにもかかわらず、夫婦の営みのときよりずっと……。

妻が小刻みに首を振った。指で口の中を搔き混ぜられているから、言葉を発することができない。涙眼で綿貫を見上げて、なにかを訴えている。

綿貫は口の中から指を抜くと、

「イキそうなのか？」

蔑むような口調で訊ねた。

妻がうなずく。

「イキたいのか？」

先ほどよりしっかりと、コクコクと顎を引く。唾液にまみれた唇を震わせているが、言葉は出てこない。

「ご主人が見ているんだぞ」

不意に綿貫がこちらを見たので、竜平の心臓は跳ねあがった。妻も鏡越しにこちらを見てくる。一瞬だったが、眼が合った。妻の顔は恥にまみれていた。怯えているようにも見えたのは、これからもっと恥ずかしい思いをする予感があるからだろう。

「ご主人の前なのに、イッてもいいのか？」

妻はうなずかなかった。歯を食いしばって、なにかをこらえていた。綿貫が電マ責めをやめていなかったからだ。「イッてもいいのか？」と蔑みつつ、振動する電マのヘッドで女のいちばん敏感な部分を嬲っている。

妻が身をよじってうめく。拘束された体が——とくに左右に開かれた肉感的な太腿が、淫らなほどに痙攣している。

綿貫が妻の乳房を鷲づかみにしたので、竜平は驚いて身を乗りだした。妻は甲高い悲鳴を放ち、涙を流した。ストップと言うかわりに、ひときわ淫らに歪んだ声であえぎながら、ガクガクッ、ガクガクッ、と腰を震わせた。

「……イカせてください」

ほとんど涙声だった。

「ご主人が見てるんだぞ」

綿貫の声は、蔑みの度合いが強まっていくばかりだ。

「りゅ、竜ちゃん……」

鏡越しに眼が合った。今度は一瞬ではなかった。

「竜ちゃん、ごめんね。いやらしい奥さんでごめんね。でも……でも、我慢できない……わたし、イキたい……ああああっ……」

竜平はたまらず眼をそらした。もはや完全に現実感がなかった。いや、現実と認識するのがつらすぎた。これが悪夢で、眼を覚ませば自宅のベッドであったなら、どれだけ救われるだろう。

「そんなにイキたいのか？」

綿貫がささやく。

「イキたい……イキたいです……」

妻は切羽つまった表情で哀願する。涙を流して絶頂をねだる。震える唇から、いまにも涎が垂れてきそうだ。

「イッたら、ご主人に軽蔑されるぞ。我慢してみたらどうだ？」

言いつつも、綿貫は電マのヘッドをぐりぐりと妻の股間に押しつけている。真っ赤なロープでくびりだされた豊かなふくらみに、力をこめて指を食いこませていく。

妻は愉悦に歪んだ声をあげ、白い喉を突きだした。

「我慢するんだ。ご主人を愛しているなら、イクんじゃない」

「ダッ、ダメッ……もうダメですっ……」

妻はちぎれんばかりに首を振り、したたかにのけぞった。獣じみた悲鳴が、天井の低い地下室にこだました。ビクンッ、ビクンッ、と腰を跳ねあげて、妻は絶頂への階段を一足飛びに駆けあがっていった。

# 第二章　愛しているのはあなただけ

## 1

かねてから作業を進めていた『緒方貴子の素敵ブーケ』という書籍が完成し、その出版記念パーティが西新宿のホテルで行われた。

最初はそれほど大々的に行わないつもりだったので、パーティルームではなくラウンジバーを貸しきったのだが、蓋を開けてみれば予想以上の人数が訪れてくれ、にぎやかな一夜を過ごすことになった。

髪をふんわりとしたハーフアップにし、銀色のドレスを身にまとった貴子は、地上四十階から望むきらびやかな夜景にも負けないほど輝いていた。夫の竜平から見ても眼を見張るほどだった。ボディラインを露わにするドレスだったので、男たちが鼻の下を伸ばしていたが、貴子は気にもとめていなかった。いつにも増して自信に満ち、堂々と胸を張っていた。ツンと澄ました顔が気品にあふれていた。

そのくせ写真に収まるときは、「竜ちゃん、竜ちゃん」と腕を取り、満面の笑みを浮かべて甘えるのだ。

「わたし、本当に夫と結婚してよかったと思ってます」

こっそり耳打ちしてきたのではなく、壇上の挨拶でマイクを通して言った。

「女の人生は結婚相手で決まるなんて話、昔は冗談じゃないって思っていましたけど、冗談じゃなかったんですね。いまのわたしがあるのは、竜ちゃんの……夫のおかげだと思います。夫と結婚していなかったら、ここまで仕事に集中することができなかっただろうし、心安まるときもありませんでした」

貴子をよく知る者たちは、驚いて眼を丸くするか、あんぐりと口を開くか、呆れた顔で苦笑していた。らしくなかったからだ。

貴子は公然と夫を褒めるようなことは決してしない女だった。腕を組んで甘えるなんて論外と言っていい。美学に反するというやつだ。愛はふたりだけで大切に育むものであり、他人にひけらかすものではない——竜平にしても、貴子のそういう慎ましさを好いていたのだが……。

妻が人前で薔薇色の愛の言葉を口にすればするほど、竜平は不安になっていった。その裏にどんな心情が隠されているのか、あまりにもあからさまだったからだ。

あの日——。

綿貫の家を出て、コンクリートの長い階段をおりていく途中、貴子はしゃがんで動けなくなった。脚が震えて歩けないと言った。肩を貸してやると、本当に可哀相なくらい震えていた。まるで生まれたての子鹿だった。しかたなくタクシーを呼んで帰宅したのだが、タクシーの中でも、家に着いてからも、ひと言も口をきかなかった。

翌朝眼を覚ますと、彼女がキッチンに立っていたのでびっくりした。炊事を含め、家事はすべて竜平の担当だった。結婚前から、貴子は言っていた。「断っておきますけど、わたしに女子力なんて期待しないでね」

彼女は嘘をつかないので、テーブルに出された目玉焼きは黄身が崩れていたし、トーストは真っ黒焦げだったし、レタスをちぎっただけのサラダにはやたらとカロリーが高そうなドレッシングがかかっていた。

「ごめんね。おいしくないかもしれないけど、気持ちだから。感謝の気持ち。いつもやさしくしてくれてありがとう」

異常事態だった。

貴子に愛されていないと思ったことはないし、感謝されていないと思ったこともない。だが、それを口に出すのは照れくさいというのが、貴子という女だった。いつだったか、唐突にロレックスの腕時計をプレゼントされたことがある。「デパートで見たら、竜ちゃんに似合いそうだったから」と、顔をそむけたまま渡してきた。ロレックスを衝動買いできるほど懐に余裕があるわけがないから、コツコツ貯金していたのだろう。彼女の感謝の仕方というのはそういうものであり、下手な料理をテーブルに並べることでない。

「変だよ、貴ちゃん……」

竜平がボソッと言うと、

「うん、そうだよね。変だよね。自分でもわかってる。でも、どうして変なのかは言いたくない」

SMプレイについてはなにも訊ねてくれるな、と言いたいようだった。実際、あれからひと月ほど経っているが、彼女の口からその話題が出たことはない。すさまじい醜態をさらしたにもかかわらず、完全になかったことにしようとしている。

どう判断していいか、迷った。

夫の目の前で他の男に縛られ、あまつさえ電マで責められて絶頂にまで達してしまい、後悔しているのか。軽蔑されるべき振る舞いをしてしまったことを、誤魔化そうとしているのか。やり方は拙くても、それならそれでよかった。「全部忘れて」と貴子が言ってくれば、そうしてやるつもりだった。

しかし、どうもそうではないような気がする。根拠があるわけではないのだが、胸騒ぎがしてならない。


パーティは続いていた。

挨拶まわりに疲れてしまった竜平は、ラウンジの外にあるウエイティング用の椅子に腰をおろした。人影がなく静かな場所だったので、人酔いをさますのにうってつけだった。

店の入口には、貴子が活けた蓮の花が飾られていた。クライアントがいる仕事で使われることはほぼないが、彼女にとって大切な花のひとつらしい。まだふたりが付き合いはじめたころ、こんなことを言っていた。

「わたしの理想はね、泥の中に咲く蓮の花。ヴェトナムで見たの。池というか沼というか、とにかく汚い水たまりに、ポツンと一輪咲き誇ってた。たった一輪なのに圧倒されちゃった……凜としてるのに色っぽいのよねえ。頑張って生けても、まだまだあれには全然及ばないなあ……」

美しく儚げに生けられた蓮の花は、なるほど悪くなかった。貴子が異国の地で受けた感銘が、切々と伝わってくるようだった。普段なら、妻の花を眺めていると心が浄化される。なのに今日は、いくら眺めていても、気持ちがざわめいてしようがない。

やけに明るい貴子の態度が、嫌な予感を誘ってきた。もちろん、晴れの出版記念パーティなのだから、暗く塞ぎこんでいるより明るいほうがいい。人前で感謝されるのだって、悪い気はしない。だがそれは、いつもの彼女ではない。いつもの彼女は、いったいどこへ行ってしまったのか……。

「やあ、お久しぶり」

声をかけられ、顔をあげた。この場にいるはずのない人間が、そこに立っていた。綿貫である。ダークスーツに身を包み、磨きあげられた靴を履いた紳士然とした姿に、一瞬身構えてしまった。

「どっ、どうも……」

あわてて立ちあがったが、どういう顔をしていいかわからなかった。あの日以来、竜平は綿貫のことを憎んでいた。呪っていたと言ってもいい。

もちろん、彼に罪はない。妻を辱め、恥をかかせてくれと頼んだのは、他ならぬ妻自身なのだ。それでも、誰かを憎まなければやりきれなかった。彼と知りあったせいで、こんなことになってしまったのだと思いたかった。

「奥さんから招待状をいただいたんだが、迷惑じゃなかったかな？」

「いえ……迷惑なんていうことは……」

どうしたものかと困惑していると、近づいてくる足音があった。ハイヒールの音だ。貴子だった。

「ようこそ。いらっしゃいませ」

深々と腰を折り曲げて、綿貫に頭をさげた。その顔には、先ほどまでの笑みは浮かんでいなかった。むしろ、緊張にこわばっている。

「素敵だね」

綿貫はボディラインが露わな銀色のドレスを眺め、まぶしげに眼を細めた。

「スタイルがいいから、セクシーなドレスがよく似合う。来てよかった。今日はたっぷり眼の保養をさせてもらおう」

「そんな……」

驚いたことに、貴子は眼の下を赤く染めてうつむいた。それもまた、竜平の知らない彼女だった。貴子は美人だが、容姿を褒められることが嫌いなのだ。メディアに取りあげられるとき「美人すぎるフラワーアーティスト」などと書かれると、もっときちんと作品を評価してほしいと、むくれたり落ちこんだりする。

そんな彼女が、赤くなってうつくむなんて……。

「ところで、メールで伝えられた件だが……」

綿貫の言葉に、貴子はハッと息を呑んだ。

「ご主人のご了承を得られたのかな？」

「それは……」

眼を泳がせる。

「実はまだ……話をしてなくて……」

「なんだい、メールの件って？」

竜平が訊ねても、貴子は曖昧に首をかしげるばかりだ。

「もう一度、わがプライヴェート・ダンジョンに来たいんだよね？」

綿貫が柔和な笑みを浮かべて言うと、

「違うんです。来たいっていうか……あれは、その……願望を書いただけで……」

貴子はあわてて言った。

「じゃあ、来たくない？」

「いえ……そういうわけでは……」

貴子は困惑顔で口ごもる。彼女が口ごもるのなんて、珍しいことだった。完全に否定しないところに、本心が透けて見えた。

「奥さんが僕にメールで伝えてきたのは……」

綿貫が竜平に事情を説明した。

「もっと本格的なプレイを経験してみたいってことなんです。この前は、いささかNGが多すぎた。あれがSMだと彼女は思っていないだろうし、僕だって思ってほしくない……とはいえ、さすがに本格的となると、ご主人が臍《へそ》を曲げちゃうんじゃないかと思いましてね」

意味ありげな笑みを浮かべる綿貫に、竜平はカチンときた。

馬鹿にされているような気がしたからだ。あなたはそこまでの器ではないでしょう、と綿貫は言わんばかりだった。

うつむいてばかりの貴子にも腹がたった。自分からメールを送ったくせに、なぜいままでなにも言わなかったのか……。

2

その日はそのままホテルに宿泊することになっていた。

ドレスに着替えたり、ヘアやメイクを整える部屋が必要だったせいもあるが、念願だった書籍の出版は仕事上ひとつの区切りになる。ふたりきりでパーティの余韻に浸りたかったし、気分転換にもなると思った。窓から見える西新宿のゴージャスな夜景は、気忙《きぜわ》しい現実の生活を束の間、忘れさせてくれるはずだった。

とはいえ、竜平の気分はすでに、夜景どころではなくなっていた。

綿貫と突然再会したあとパーティに戻っても心ここにあらずの状態で、大切なクライアントから「お疲れですか？」と皮肉を言われる有様だった。貴子はもっとひどかった。笑みを浮かべようとしても頬がひきつり、ワイングラスを持つ手は震えっぱなしだった。

「どういうことなのか、説明してもらっていい？」

竜平は乱暴にネクタイをゆるめ、体を投げだすようにしてソファに腰をおろした。

「綿貫があんなことを言ってきたのは、計算通りなんだろう？　自分の口から言えないから、わざわざパーティに招待して……」

貴子はソファに腰をおろさなかった。まるで先生に立たされている生徒のように、竜平の前に立っていた。

「……怒った？」

上目遣いで訊ねてくる態度まで、子供じみている。

「怒ったとか怒らないとかじゃなくて、わかるように説明してほしいんだ。僕はてっきり、綿貫の家に行ったことはなかったことにしようとしてるって、そう思ってたよ。貴ちゃん、話題にすらしないから……」

「……興奮したの」

「えっ？」

「あんなに興奮したの、生まれて初めてだった。びっくりするような性的な興奮……自分には縁がないものだと思ってたけど、そんなことなかった……」

夫の前で赤っ恥をかいてもかい？　とはさすがに言えなかった。貴子を傷つけたくなかった。しかし、こちらはもう充分に傷ついている。真剣に、別れの瀬戸際まで追いつめられているような気がする。

「僕はね、貴ちゃん……」

太い息を吐きだした。

「貴ちゃんが、僕に性的な興奮を感じないっていうなら、それはそれでしかたがないと思うよ。そんなの意志の力でどうにかなるもんじゃない。もう男として見られない、別れたいっていうのなら、それだって……」

「そうじゃないの」

貴子は泣きそうな顔で首を振った。

「別れたいなんて言わないで。わたしそんなこと、考えたことすらない……」

「でも、ＳＭプレイはしたい」

竜平は次第に、言葉をオブラートに包むことができなくなってきた。

「今度は服の上からじゃなくて、裸になって縛られたい。それ以上に、なにをされたいのか知らないけど、きっと僕が想像もつかないほどいやらしいことを、綿貫は考えているんだろう。そんな男に、身をまかせたいの？」

貴子は言葉を返してこなかった。黙っていても、彼女の気持ちは伝わってきた。黙っているからこそ、強く伝わってきたのかもしれなかった。

「頼むよ、貴ちゃん……」

竜平は立ちあがり、貴子を抱きしめた。小柄な彼女は、腕の中にすっぽりと収まった。抱擁したのはずいぶんと久しぶりだった。それがいけないのかもしれなかった。彼女に遠慮しすぎていた。したいときは向こうから声をかけるという言葉を馬鹿正直に受けとめすぎたせいで、こんな事態を招いてしまったのかもしれない。

ならば、もはや言葉のやりとりではなく、男らしさを見せたほうがいい。いまのいままで、男らしさなんて必要ないと思っていた。公私ともに貴子をサポートするのが自分の喜びなら、男らしさなんて邪魔になるだけだと。

しかし、それで別れるようなことになったら元も子もない。後悔してもしきれない。貴子は欲求不満なのだ。愛する妻に対してそんな言葉は使いたくなかったが、現実から眼をそむけてはいけない。妻が欲求不満なら、夫の自分にはそれを解消する義務がある。

唇を重ねた。

貴子が一瞬、唇を引き結んだことにショックを受けたが、強引に舌をねじこんでいった。おずおずと貴子が口を開く。舌と舌をからめあっても、貴子から「性的な興奮」は伝わってこなかった。冷めている、というのとも少し違う。突然抱きしめてきた竜平に怯えているようだった。

それでもかまわず、銀色のドレスを脱がしにかかる。背中のホックをはずし、ファスナーをさげると、燃えるようなワインレッドのブラジャーが現れ、竜平はドキリとした。身震いを誘うほどのセクシーさに、一秒で勃起した。これほどの女と一緒に暮らしていながら、体を求めずにいた自分が信じられなくなったくらいだ。

ワインレッドのランジェリーは驚くべきことにガーターベルトのついた三点セットで、セパレートタイプのストッキングをストラップで吊っていた。雑誌のグラビアでしか見たことがないような代物だった。もちろん、貴子が着けているのを見るのも初めてである。いったいどんな心境の変化があったのか知らないが、瞬きも忘れてむさぼるように眺めてしまう。

「そんなに見ないで」

貴子は羞じらってベッドに逃げこもうとしたが、逃がさなかった。腕を取り、窓の方に移動した。眼下には宝石箱をひっくり返したような夜景がひろがり、キラキラとまばゆい光を放っている。それを背景にしても、貴子はまったく引けをとらなかった。非日常的なシチュエーションがむしろ、彼女の女としての魅力を引きたてていた。

申し訳なかった……。

再び唇を重ねていきながら、竜平は胸底で詫びた。仕事に追われる多忙な日々の中で気づかなかったけれど、貴子はこんなにも女として開花していたのだ。むせかえりそうな色香を放って、女として愛されることを求めていたのだ。それを放置しておいたから、SMなどというアブノーマルな世界に惹かれてしまったに違いない。

自分が悪かったのだ。

お互いパートナーに隠れて自慰をしているような生活を送っているくらいなら、多少仕事を断ってでも夫婦生活を営む時間を確保するべきだった。休みをとって、さっさと南の島に行くべきだった。自分にだって、それが必要だったらしい。性的に淡泊どころか、こんなにも興奮している。頭ではなく体が――全身の細胞が、彼女と愛しあうことを求めている。

口づけを深めていきながら、ブラ越しに乳房を揉んだ。カップに包まれてなお女らしい弾力が伝わってきて、眩暈がするほど興奮してしまう。立っているのがつらくなってきたが、ベッドに行く気にはなれなかった。自分たち夫婦にとって、今夜は特別な夜になる。どうせなら、このきらびやかな夜景に包まれながらひとつになりたい。普段はすることのない野性的な立ちバックで、貴子を悦ばせてやりたい。

ところが……。

「待って」

下半身に伸ばしていこうとした手を、貴子が押さえた。

「今日は……やめにしない？」

「……なんで？」

竜平は声を震わせた。興奮に冷や水をかけられ、憤怒がこみあげてくる。

「本当にもう、僕には抱かれたくないわけか？」

「そうじゃない」

貴子はせつなげに眉根を寄せた。

「わたし、セックスは一生、竜ちゃんとしかしない……そういうふうに決めたから、結婚したんだもの」

「だったら……」

「でもね」

貴子は遮って続けた。

「わたしはまだ蕾なの」

「……どういうこと？」

「女として蕾で、まだ花が咲いてない……そんなふうに思ったことなかったんだけどね、綿貫さんに会うまでは……」

竜平は苦りきった顔になった。この状況でいちばん聞きたくない男の名前が出てきたからだ。

「わたしはまだ、いろんな意味で未成熟なんだと思う。もうすぐ三十歳になるのにね。それを認めるのはさすがにきつかったけど……自分がまだ蕾だって自覚した瞬間、未来がパーッて開けた気もした。だってそうでしょう？　蕾ってことは、これから咲き誇れるってことだもん」

竜平は深い溜息をついて貴子から体を離した。ソファに腰をおろして天を仰いだ。すぐに前屈みになって頭を抱えた。

「そんなたとえ話はどうだっていいよ。要するに貴ちゃんは、夫である僕には抱かれたくなくて、綿貫とSMがしたいんだろう？」

貴子が静かに近づいてくる。ワインレッドのランジェリー姿が放つ濃厚な色香とは裏腹に、その表情は哀しみだけに縁取られていた。

「ごめんね」

隣に座り、前屈みになっている竜平の背中をそっと抱いた。

「わたしだって竜ちゃんとエッチしたいよ。でも、それはいまじゃない気がする。いましちゃうと、なんていうか……」

「……なんだよ？」

「失望するんじゃないかな、お互いに……そうなったら、本当にセックスレスになっちゃうかもしれない……それがいやなの」

貴子を見た。言ってる意味がよくわからなかった。なぜ失望すると思うのか、訊ねたかった。訊ねる勇気がなかったのは、よかったのか、悪かったのか……。

意味がわからなくても、彼女が真剣に言葉を継いでいることだけはわかった。いつもなら——仕事上のことであれば、こういう場合、貴子の判断に委ねることにしている。感性や直感で判断すべき問題を、話しあったところで意味がない。

しかし、いまは仕事の話をしているわけではなかった。セックスというきわめてプライヴェートなステージでは、夫である自分にも発言権があるはずだった。好きとか嫌いとか、やりたいとかやりたくないとか、一票を投じる権利があるはずなのだが……。

「一緒に来てくれるでしょう？」

竜平の背中をさすりながら、貴子は言った。

「綿貫さんの家、一緒に来てくれるよね？　わたし、ひとりじゃ行けない。竜ちゃんが知らないところでこっそりとか、そういうのは絶対無理……」

彼女の中で、それはすでに決定事項のようだった。綿貫の家の地下室で、再びＳＭプレイに身を投じることが……しかも「本格的」な……。

3

綿貫が「プライヴェート・ダンジョン」と呼ぶ地下室は、相変わらず息苦しい場所だった。性的な行為に及ぶ場所は普通、極力リラックスできるようなところであるべきはずなのに、ここの空気は圧迫感や緊張感だけを強いてくる。

しかも今回は、竜平、貴子、綿貫の他に、もうひとり男がいた。

添田《そえだ》と名乗った。歳は五十前後だろうか。髭面、サングラス、年季の入った藍色の作務衣《さむえ》と、風貌もあやしげなら、むっつりと押し黙ってひと言も口をきかない。綿貫の古くからの

SM仲間で、とくに緊縛の腕前では人後に落ちないらしい。

つまり、貴子は今日、ふたりの男によって辱められるわけだ。

まるで場違いなところにいる気がして、竜平は落ち着かなかった。妻が恥をかかされる場にどうして一緒にいなければならないのか、いまだ納得がいかない。とはいえ、貴子をひとりで来させるというのもそれはそれで不安が大きかったし、執拗に同行を求められたので、来るしかなかったのだ。

プレイの内容については、貴子と綿貫があらかじめメールでやりとりしていた。なにをするかではなく、なにをしないかだ。貴子にしてもすべてを委ねてしまうつもりはないようで、まず性器の結合はなし。キス、フェラチオ、クンニリングス、アナル舐めなど、粘膜を接触させるのもNGと申し入れたらしい。

性的にノーマルな竜平には、まったくもって理解しがたい世界だった。

妻の気持ちはまだわかる。彼女は浮気がしたいわけではなく、アブノーマルな世界をなるべく安全に経験したいわけだから、その申し出は当然と言っていい。性器の結合までするというのなら、竜平だって全力で反対しただろう。

その一方で、そこまでNG項目を並べられ、綿貫はいったいなにが楽しいのだろうと首をかしげずにはいられなかった。

前のときから不可解だった。綿貫は貴子を激しい絶頂に導いたが、自分は射精しなかった。一方的に貴子を辱めただけだ。射精が性行為のゴールと考えるのはノーマルな男の浅はかな感覚であり、ＳＭの達人ともなれば射精などしなくても至高の快感を得ることができるのだろうか？　あるいは、歪んだ奉仕精神というか、闇雲に女の性感に尽くす資質がサディストには必要というわけか？

ただひとつ言えることは、綿貫は射精をしなくても、妻から確実になにかを奪っていった。だからこそ、妻は今日ここにいるのだ。気乗りのしない夫を従えて。

「それじゃあ始めましょうか」

綿貫が言い、竜平と貴子の顔に緊張が走った。ふたりはバースペースのスツールに座っていた。貴子は立ちあがると、竜平を残してサディストたちの待つ鏡の前に進んでいった。よろしくお願いしますと頭をさげた。

妻は今日、浅葱《あさぎ》色のワンピースに薄手の白いカーディガンを羽織っていた。なんとなく、全体的にゆったりしして、体型を隠すコーディネイトだった。そこにどんな意図があるのかはわからない。ただ、いつもより清楚な装いであることはたしかで、髪もアップにまとめてうなじを出していた。

「服を脱いでください」

綿貫が言った。口調は静かでも有無を言わさない強制力を感じた。髭面にサングラスの添田が隣で睨みをきかせているのも、妻にはプレッシャーだろう。

妻は眼を泳がせつつ白いカーディガンを脱いだ。うつむいて何度か深呼吸をしてから、背中のホックをはずし、ファスナーをさげていく。

ブラジャーとパンティが飾り気のない白だったので、竜平は驚いた。妻は白い下着を着けている女が大嫌いなのだ。「子供ならともかく、いい歳した女が白い下着なんてダサい。男目線ばっかり気にしてるぶりっ子よ」。竜平は笑って聞いていたが、コンプレックスなんだろうなと思った。トランジスタグラマーは体型に色気がありすぎるから、白い下着が似合いそうもない。

実際、似合っていなかった。大きすぎるバストやヒップと、清らかな白がちぐはぐだ。にもかかわらず、どうして白？　まさか白装束？　それほどの覚悟をもって、この場にやってきているのか……。

妻はストッキングをくるくると丸めて爪先から抜くと、綿貫の顔色をうかがった。

「まだ脱いで。ブラジャーも取るんだ」

綿貫が言い、妻の細い喉が動いた。唾を飲みこんだようだった。下着までなら水着と露出度はかわらないし、前回にも見られている。だが、ブラジャーを取るとなると……。

しかも今日は、添田という存在もある。綿貫とはある程度信頼関係ができあがっているようだが、初対面の添田とはそうではない。まったく見ず知らずの男に、生身の乳房をさらすことになる。

それでも、妻はブラジャーをはずした。顔を羞じらいのピンク色に染めながら、たわわに実った肉房を、ふたりの男の前にさらけだした。

いや、三人の男であろうか。

竜平にしても、妻の乳房を見るのは久しぶりだった。一瞬、状況も忘れて見入ってしまった。裾野にたっぷりと量感があるのに、ツンと上を向いて見える美巨乳だった。乳首のついている位置が高いから、生意気そうな形に見える。バストが豊かな女にありがちな、乳暈《にゅううん》が大きいということもない。妻の乳暈は小さく、色も透明感のある淡いピンクで、乳首だけがほんの少しだけ濃い。まったく、どこもかしこも男好きするいやらしい体だと、自分の妻ながら感心してしまう。もちろん、感心している場合ではなかったが……。

三人の男たちの視線を浴びて、妻はたまらずしゃがみこんだ。いったんさらけだした乳房を両手で隠して。

「立つんだ」

綿貫に腕を取られ、立ちあがらされた。飾り気のない白いパンティ一枚の姿が、ひどく頼りなく見えた。妻はまだ両手で乳房を隠していた。つらそうに顔を歪めて、体中を小刻みに震わせながら……。

「やめるかい？」

綿貫が鼻白んだように言った。

「それならそれでいい。僕らはなにも、奥さんを無理やり調教しようとしているわけじゃない」

妻は歪めた顔をますます歪めながらも、乳房を隠している両手をおろしていった。やめるつもりはないようだった。添田が、動いた。真っ赤なロープを、妻の白い素肌に食いこませた。

その緊縛は、前回見た綿貫のやり方よりずっと複雑だった。真っ赤なロープが、まるで蜘蛛の糸のような模様を描いて、妻の裸身を飾っていった。菱形になったロープに、左右の乳房がそれぞれくびりだされた。裾野がひしゃげた無残な形に、竜平は背筋をゾクリとさせた。

さらに衝撃的だったのは、ロープが股に通されたことだった。白いパンティの上からとはいえ、真っ赤なロープが二本、したたかに食いこんだ。

妻は上ずった声をもらし、歪めた顔をみるみる生々しいピンク色に染めていった。なるほど、それはたしかに「本格的」だった。SMに興味がない竜平でも、緊縛と聞いて真っ先に思い浮かべる姿そのままに、妻はされてしまったのだった。

「見るんだ」

綿貫が妻の顎をつかみ、鏡の方に眼を向けさせる。

「奥さんは、こういうふうにされたかったんだよね？」

妻は言葉を返さなかった。ぎりぎりまで細めた眼で、鏡に映った自分の姿を見ていた。次第に瞳が潤み、トロンとしていくのを、竜平は見逃さなかった。綿貫が言うとおり、それは妻の欲望の具現化なのかもしれなかった。ただ鏡を見ているだけで、呼吸まではずみはじめた。

竜平も、息をつめて妻を見つめていた。見るほどに、おぞましさがこみあげてきた。変態性欲者となじられてもしかたがない女が、そこにいた。

しかし少しだけ――本当にほんの少しだけだが、妻の気持ちがわかった気がしたのも事実だった。真っ赤なロープで緊縛された妻の姿は、「変態！」と吐き捨てて眼をそむけたくなると同時に、たとえようもないほどエロティックだった。

美しさには大なり小なりエロスが含まれる。美はエロスによって魔力をもつ、と言ってもいい。妻の仕事は美しさを追求することである。美しさに欲情していると考えれば、理解できないこともない……。

だが、次の瞬間、竜平は自分の浅はかさを思い知らされた。

地下室の天井は低く、いくつもの鎖がぶらさがっていた。そこに革製の手枷が装着され、妻の両手はバンザイをする格好で吊りあげられた。さらに片脚まで……。

妻の悲鳴が地下室にこだました。

まるで蜘蛛の巣にとらわれた蝶々のようだった。その姿はもはや、美しさなどという甘い言葉では表現できないくらい、凄艶さと卑猥さに満ちていた。ただただ女に恥をかかせ、屈辱にまみれさせるためだけの光景がそこにあった。

綿貫と添田が、同時に動いた。ふたりの阿吽《あうん》の呼吸には、アイコンタクトすら必要ないようだった。綿貫が妻の背後にまわると、添田は電マを手にした。ブーンと唸る電マの重低音に、妻の顔がひきつった。彼女はすでに、その威力を身をもって知っている。悲鳴があがった。電マはまだ、彼女の体に触れてはいなかった。背後に立った綿貫が妻の胸に手をまわし、左右の乳首をくすぐりはじめたからだった。

妻の乳首を……。

竜平は顎が砕けそうなほど歯噛みした。わかっていたことだが、自分以外の男に妻の乳首を直接いじられる衝撃はすさまじいものだった。なぜこんなことを許したのだろうかと、罪悪感と自己嫌悪がこみあげてきた。頭を、胸を、いや魂そのものを搔き毟《むし》りたくなった。

だが同時に、痛いくらいに勃起していた。それを隠すためにスツールの上で脚を組み、前傾姿勢をとらなければならなかった。健全な興奮ではなかった。勃起してしまった自分におぞましさすら感じたが、どうにもならなかった。

眉根を寄せてあえいでいる妻の表情がいやらしすぎた。勝ち気な彼女は普段は決して――夫の自分にさえそういう表情を見せない。夫婦の営みのときは、視覚が覚束ないほど部屋を暗くする。

なのにいまは、両手はバンザイ、片脚まで吊りあげられた無残な格好を強いられ、乳首をいじられて身悶えている。その表情をサディストたちに見られている。綿貫が左右の乳首をひねりあげれば、喜悦に歪んだ悲鳴を放ち、蜘蛛の巣にとらわれたような片脚立ちの体をジタバタと暴れさせる。

添田はまだ、右手に持った電マを使っていなかった。唸るヘッドで妻を威嚇しながら、別のことをしていた。

妻の股間には、真っ赤なロープが二本、きっちりと食いこんでいる。添田はそれに指をかけて引っ張っていた。クイッ、クイッ、クイッ、とリズミカルに……。

電マほどではないにしろ、股間にロープを食いこまされる刺激もかなりのものだろう。股間というより割れ目なのだ。白いパンティに保護されているとはいえ、生地は薄くて頼りない。クイッ、クイッ、とロープを引っ張られれば、割れ目がこすられ、熱を帯びていく。花びらの奥に隠れている敏感な肉芽まで刺激が響き、いても立ってもいられない気分になるのではないか。

妻が叫び声をあげた。白い喉を突きだして、ガクガクと五体を震わせた。

ついに電マのヘッドが股間に押しつけられたのだ。妻に感情移入して見ていた竜平までビクッとしてしまったが、当の本人はもちろん、ビクッとするどころの話ではなかったろう。

真っ赤なロープにくびりだされた乳房を揺れはずませ、必死に脚を閉じようとする。もちろん、できない。蜘蛛の巣にとらわれた蝶々のようにもがくその姿は、次第に人間離れしていった。顔の紅潮が、みるみるうちに耳や首筋までひろがっていく。髪をアップにまとめていなければ、ざんばらに乱れた髪がよりいっそう妻の姿を凄艶なものにしていただろう。

4

竜平は耳を塞ぎたい衝動に駆られた。

激しくなっていくばかりの妻のよがり声が、聞くに耐えなかったからだ。あられもない、だけではなかった。唸るようなうめき声、媚びるような甘いハイトーン、さらには地声で「ああっ」と放たれる本気の叫び声――どれも竜平には馴染みの薄いものだった。夫婦生活において、妻は極力声を出さないようにしているからだ。いまだっておそらくこらえようとしているのだろう。

それでも声が出てしまう。叫んでは絞りだし、絞りだしてはのけぞって叫ぶ。

不意に、その声が途絶えた。

綿貫が手のひらで口を塞いだのだ。耳障りなほど大きい声を、サディストが嫌ったのではないだろう。住宅事情を考慮する必要だってない。地下室でいくら大きな声を出したところで、近隣に聞こえるわけがない。

前回もやっていたが、それもまたサディスティックな責めのひとつのようだった。口を塞ぐことで、妻は呼吸がしづらくなる。

鼻奥で激しく悶え泣き、呼吸がしたいと暴れる。涙眼を大きく見開いて、許しを乞うように綿貫を見る。手のひらを離された瞬間、地上に顔を出した魚のように口を開いて、息を吸いこむ。

妻は助かったわけではない。少しでも多くの酸素を吸いこもうと大きく開かれている口に、今度は指が入っていく。

綿貫はひとしきり口内を指で掻き混ぜてから、ピンク色の舌をつまんだ。妻は涎をこらえることができなくなり、顎から喉にかけてテラテラと濡れ光りだす。顔はますます赤くなり、胸元まで同じ色に染まっていく。

それだけでも、正視するのがつらすぎる、むごたらしい光景だった。

だが、妻を責めているのは綿貫ひとりではなかった。

添田が赤いロープを股間に食いこませながら、電マを操っていた。先ほどから、休むことなく続けていた。サングラスに表情が隠れているせいで、感情を読みとることができないのが不気味だった。まるでマシーンのように、クイッ、クイッ、とロープを引っ張っては、電マを押しつけては離す。離しては押しつける。

添田が生みだすリズムに合わせて、妻の腰は動いていた。淫らな女だと責める気にはなれなかった。そこまでしつこく愛撫を繰り返されれば、妻でなくても腰が動きだすはずだった。白く肉感的な太腿をぶるぶると震わせて、刺激の波に巻きこまれてしまうに違いなかった。

竜平は眼を凝らして妻の股間を凝視した。

真っ赤なロープが食いこんでいる白いパンティの股布に、シミができているようだった。間近で見ているわけではないので確証はもてないが、そんな気がしてならない。他の部分も、濡れてきている。唇は唾液にまみれているし、首筋から胸元にかけては涎と汗が混じりあっている。両手をバンザイの格好にされてさらしものになっている腋窩《えきか》にも、汗が溜まって光っている。

そんな状況で、股間だけが乾ききっているはずがなかった。真っ赤なロープと白いパンティの奥で、妻はいやらしい体液を分泌しているのだ。発情の証左である匂いたつ蜜を、あとからあとからこんこんと……。

添田がぎゅうっと股間にロープを食いこませた。

妻は鼻奥で痛切な声をあげたものの、綿貫に舌をつままれているので、下を向くことさえできない。大量の涎を垂らしつつ、うぐうぐと悶え泣くばかりである。

綿貫が舌から手を離した。

妻はすかさず息を吸いこんだが、呼吸を整える暇もなく、絹を引き裂くような悲鳴をあげた。

綿貫が、なにかで乳首を挟んだからである。銀色に光る金属でできていた。ピンチハンガーに似ているが、もっと重量感がある。真っ赤なロープにくびりだされてなおツンと上を向いていた乳首が、挟まれた瞬間、下を向いた。

しかも、そのおぞましい器具には鈴がついていて、妻が身をよじるとチリンチリンと安っぽい音をたてるのだ。そんなもので乳首を挟まれるのは、肉体的な痛みに加え、精神的な屈辱も相当に違いない。

実際、左右の乳首に鈴をつけられた妻は、身をよじるのをこらえるようになった。歯を食いしばって、乳房が揺れないように我慢していた。

竜平も歯を食いしばり、握りしめた拳を震わせていた。叫び声をあげ、暴れだしてしまいそうだった。妻の体をここまで辱める、ふたりのサディストたちに怒りを覚えた。いくら妻が望んだこととはいえ、やりすぎだった。これではまるで、生け贄か人身御供《ごくう》ではないか。

戦慄に息もできない竜平を嘲笑うように、綿貫が妻の腋の下を舐めはじめる。汗の溜まった腋窩にねちっこく舌を這わせ、動くのを我慢している妻を追いこんでいく。身をよじって鈴を鳴らせと、生温かい舌で腋窩をくすぐりまわす。

下半身では、添田が内腿を舐めはじめた。粘膜接触はNGでも、素肌に舌を這わせるのはそうではなかったのだ。

わかっていたことだが、竜平は怒りに涙ぐんでしまった。このまま傍観していていいのか！　ともうひとりの自分が叫んでいた。妻はふたりの男に蹂躙《じゅうりん》されるあまり、ストップと言えなくなっているのかもしれない。ここは自分が飛びこんで、やめさせるべきではないのか？　妻が半ば強引に自分をこの場に連れてきたのは、いざというときに助けてもらうためだったのでは……。

覚悟を決めた竜平が、スツールから立ちあがろうとしたときだった。

「熱いっ！　熱いですっ！」

妻が切羽つまった声をあげた。

「たっ、助けてくださいっ！　熱くてどうにかなっちゃいそうですっ！」

「どこが熱いんだい、奥さん？」

綿貫が妻の耳元でささやく。

「まっ……股がっ……股が熱くてっ……苦しいっ……」

「股だって？」

綿貫が不快そうに唇を歪める。

「僕のプライヴェート・ダンジョンで、そんな言葉遣いは許されないよ」

妻が悲鳴をあげ、乳首についた鈴を鳴らした。股間に食いこんだ二本のロープを、添田が思いきり引っ張ったからだった。

「おねだりがしたいなら、この場に相応しい言葉遣いに改めたまえ」

妻は肩で息をしている。紅潮した顔を恥辱に歪めきり、わなわなと唇を震わせる。竜平は立ちあがるタイミングを逸してしまい、固唾を呑んで見守っていた。綿貫がなにを言わせようとしているかはあきらかだった。しかし、妻がそんな言葉を使うはずがないと信じていた。

「オッ……オマンコッ……」

滑稽なほど上ずった声で、妻は言った。

「オッ……オマンコが熱くて、狂いそうですっ……」

涙眼で訴えながら、顔が恥にまみれていく。その顔を、蔑みだけに彩られた綿貫の視線が撫でまわす。

「どうしてほしいのかな？」

「イッ、イカせてっ……」

妻の必死の訴えを、綿貫は笑って受け流した。

「ずいぶん甘い考えをしているようだね、奥さん。たしかにこの前は、下着を着けたまま電マでイカせてあげた。しかしあれは、一回限りのサービスだよ。今回はもうできない。イカせてほしいなら、奥さんの恥ずかしいところを全部……前から後ろまでさらしものにする」

妻の眼尻と眉尻が、限界まで垂れていく。

「気持ちがいいと思うけどね。狂いそうなほど熱くなっているんだろう？　そこに新鮮な空気が直接あたるんだ。ククッ、あまりの解放感に、それだけで軽くイッちゃうんじゃないかな。どうする？　それとも、もう少しこのまま楽しむかい？」

綿貫が後ろから、妻の双乳をすくった。トランジスタグラマーの美巨乳は、真っ赤なロープにくびりだされてなお、男の手にずっしりと重量感を与えていた。綿貫はやわやわと揉みしだいては、ふくらみを揺らした。チリンチリンと鈴が鳴った。下半身では、添田の責めが続いている。二本のロープが食いこんだ股間に、電マを押しあてては離している。先ほどより、離している時間が長くなっている。

その時点になって、竜平はようやく気づいた。

ふたりのサディストは——とくに添田は、女体を手荒く扱っているように見えて、実は繊細にコントロールしていたのだ。すぐにイカせないように加減しているのだ。じわじわとトロ火で煮込むように妻の性感に火を入れていき、沸騰したのを見極めてから焦らしはじめた。腋窩や内腿を舐めていたのはそのせいだろう。

「ぬっ、脱がせてっ……」

妻が声をあげた。サディストたちから顔をそむけ、唇を震わせながら。

「脱がせてくださいっ……もう我慢できませんっ……」

「その言い方じゃダメだと言ってるだろう」

綿貫が双乳を激しく揺さぶる。チリンチリンと音が鳴り、妻が悲鳴をあげて総身をのけぞらせる。

「パッ、パンティを脱がして、オッ……オマンコッ……オマンコ、丸出しにしてくださいっ……おっ、お願いしますっ……あああっ……」

妻は涙を流していた。恥辱の涙というより、なにかをこらえきれなくなっている涙のように、竜平には見えた。

添田がハサミを手にした。ためらうこともなく、股間に食いこんでいる二本のロープを切ってしまう。妻がハアハアと呼吸をはずませる。その股布にはやはり、淫らなシミができていた。五百円玉より大きなサイズだった。片脚を吊られているので、隠しようもない。

添田がさらに、白いパンティの両サイドを切った。一枚の布きれと化したパンティが、いよいよ妻の股間から奪われようとしている。

5

薄暗い地下室が、急に明るくなった。

前回同様、妻にスポットライトがあたったのだ。まぶしさに眼を細めた妻は、前回よりもずっとシリアスに顔をひきつらせた。動揺が伝わってくる。女の恥部という恥部が露わにされようとしているのだから、それも当然だった。

添田がサイドを切ったパンティを指でつまんだ。果物の薄皮を剝くように、それは股間から剝がされていった。

妻の顔は限界を超えてひきつりきっている。紅潮した頰がピクピクと痙攣し、小鼻や唇も震えっぱなしだ。

竜平には彼女の心情がよくわかった。綿貫や添田にその部分を見られるのも、もちろん恥ずかしいだろう。しかし、竜平に見られるのは、もっと恥ずかしいに違いない。見るも無残な格好に緊縛・拘束されているから、だけではない。

夫である竜平にも、妻は明るいところで股間など見せたことがないのだ。恋人時代から五年も付き合っているにもかかわらず、部屋を真っ暗にしないとセックスができないのが貴子という女だった。おまけに、クンニリングスもNG。竜平自身、その行為に特別思い入れがあるわけではなかったのでかまわなかったが、妻が性器を隠したがる態度には、一種異様な執念を感じた。

「見ないで竜ちゃんっ!」

妻が叫んだ。気のせいであり、幻聴だった。妻は叫ぶどころか唇を嚙みしめ、こちらに視線すら向けていない。

だが、それが彼女の心の声であることは、疑いようがなかった。眼をそむけてやるのが、やさしさなのかもしれないと思った。そうすることができなかったのは、妻の言葉を思いだしたからだった。自分はまだ女として蕾であると言っていた。開花するのはこれからだと。そして、大輪の花を咲き誇らせるために綿貫の家に行きたいのだと……。

ならば、開花の瞬間を見届けてやらなければならない。どんな花でも、開花の瞬間がいちばん美しく、生命力がみなぎっている——そう教えてくれたのは他ならぬ妻なのだから……。

股布に大きなシミができているからだろう、両サイドが切られた白いパンティは、股間から剝がされる寸前、布自体が抵抗した。いやらしい粘液によって股布が張りついているのが、はっきりと見てとれた。

とはいえ、そんなことは一瞬の出来事だった。次の瞬間には、妻の恥部を隠すものはなくなり、ただの布きれと化したパンティは床に落ちていた。

妻がうめいている。首から上を可哀相なくらい真っ赤に染めて、いまにも泣きじゃくりはじめそうである。

パンティとロープをはずされたことで股間に新鮮な空気があたり、少しは涼しくなったのかもしれなかった。しかしそれ以上の熱量で、視線を感じているに違いなかった。片脚を吊られて露わにされている妻の女の部分には、三人の男たちの熱い視線が集まっていた。

恥丘を飾る黒い草むらは、驚くほど濃かった。小柄な彼女には一見して不釣り合いなほどの剛毛が、逆三角形にびっしりと生い茂っていた。それに隠れて花びらはチラリとしか見えなかった。女の花のまわりはおろか、後ろの穴の付近まで短い陰毛が生えており、正直言ってかなりグロテスクだった。

性器などというものは男女問わずグロテスクなものなのかもしれないが、妻の凜とした美しい顔やセクシーなスタイルを考えれば、あまりにも獣じみていて似つかわしくなかった。昨今では陰毛を永久脱毛したり、綺麗に整えることが一種の流行のようになっているけれど、そういうことにはいっさい興味がなかったらしい。

「これほど見事な生えっぷりなのは、久しぶりに見たな」

綿貫が妻に笑いかける。嘲笑、という感じだったので、妻の顔は恥辱に歪んだ。

「下の毛が濃い女は性欲が強いなんて俗説があるが、自覚はあるのかな？」

妻が真っ赤になって首を横に振る。

性欲が強いわけがない、と竜平は思った。そうであるなら、セックスレス気味になんてなるわけがない。

しかし、逆三角形に生い茂った黒い陰毛は、下に行けば行くほど濡れ光っていた。ずいぶんと大量に蜜を漏らしたようだった。その光景だけを見れば、性欲が強いとか、あるいは淫乱とか、誹《そし》りを受けてもおかしくない感じだった。

綿貫の指が、濡れた陰毛をつまんだ。手櫛で梳《す》くようにして、黒い草むらに隠れた花を露わにしていく。アーモンドピンクの花びらが、ぴったりと口を閉じて一本の筋をかたちづくっていた。その筋もまた、蜜をにじませてキラキラと光っている。

妻が悲鳴をあげた。

露わになった部分に、男たちの手指が這っていったからだ。ふたりがかりだった。綿貫が割れ目をぐいっとひろげれば、添田が薄桃色に輝いている内側をいじりはじめる。綿貫の指は長細く節くれ立っていたが、添田の指はむっちりと太かった。その指が、芋虫のように動きながら妻の中に入っていく。綿貫がクリトリスのあるあたりをまさぐりはじめる。竜平の位置からつぶさにうかがうことはできなかったが、妻の反応を見ていればなにが起きているのか想像がついた。

指が浅瀬を穿《うが》ち、じりじりと奥に入っていく。妻は息をつめ、歯を食いしばって、紅潮した首に何本も筋を浮かべている。唐突に悲鳴が放たれる。クリトリスに刺激を受けたとしか思えない激しさで身をよじる。真っ赤なロープにくびりだされた乳房が揺れはずみ、チリンチリンと音をたてる。

妻は全力で羞じらっていた。しかし、それを凌駕する勢いで発情していることは間違いなかった。綿貫も添田も、どちらも女体の扱いを心得ていた。そんな男たちに、ふたりがかりで性感帯をいじりまわされ、正気を保っていられるわけがない。

添田の太い指がリズムに乗って出し入れされる。ずちゅっ、ぐちゅっ、という肉ずれ音がたち、妻がそれを掻き消すような悲鳴を放つ。添田の指責めに呼応して、綿貫もねちっこくクリトリスを撫で転がす。恥丘を挟んで内側からと外側から、同時に急所を責められている格好だ。

「ああっ、イキそうっ……イキそうですっ……」

妻がうわごとのように言い、吊られた片脚に力をこめる。宙に浮いている足指が、ぎゅっと丸められる。もう片方の床についている脚はガクガクと震え、両手を吊られていなければ倒れてしまいそうだ。

再び妻が他の男にイカされる場面を目の当たりにしなければならないのか――竜平は絶望の淵にたたずんで、その光景を眺めていた。こんなことにいったいどんな意味があるのだろうと、貧乏揺すりがとまらなくなった。竜ちゃんのことを愛している、と貴子は言った。本当なのか？　と不信感だけが募っていく。普通に考えて、愛する男の前でこんな醜態をさらしたいだろうか？　赤っ恥をかいたその先に、どのような未来を彼女は思い描いているのか？

考えてみれば……。

セックスにNG項目が多すぎる貴子を、竜平は好ましく思っていたのだった。もちろん、その美しくセクシーな裸身を明るいところでまじまじと観察してみたかったし、性器だって見てみたかった。見るだけではなく、舌で舐めればどんな味がし、どのような反応を示すのか、知りたくなかったと言えば嘘になる。

しかし、秘すれば花というように、隠されているからこそ幻想を抱き、興奮の端緒になるというのも、もう一方の真理だろう。正視すればただグロテスクなだけのものを、ここまであからさまに見せつけられては、興奮より先に幻滅を覚える。性器がグロテスクなのではなく、それを夫以外の男にいじられて発情しきっている妻がグロテスクなのだ。

妻が眉根を寄せてよがり声をあげるたびに、この先彼女とやっていけるのか、暗色の不安がこみあげてきた。

いっそ別れてしまったほうが、やはりよかったのかもしれない。人に迷惑さえかけなければ誰がどんな変態プレイに耽ろうと自由だが、それを嫌悪する自由だってあるはずだった。竜平にSMは理解できなかった。妻のことをここまでわからないと思ったのは初めてだった。

妻が自分と別れたくないのは、仕事がからんでいるからなのかもしれなかった。実際、竜平がマネージャーになってから、彼女の仕事はすこぶる順調なのだ。ならば、いままで通りマネージャーを続けてもいい。だが、男と女としては、もう無理だ。こんなところを見せつけられてしまっては……。

「ああっ、イカせてっ……イカせてくださいっ……」

妻が切羽つまった声をあげ、

「そんな言い方じゃダメだと言ってるだろう!」

綿貫が一喝する。添田とふたり、イキそうになっている妻を、またもや焦らしはじめている。

「ああああっ……オッ、オマンコッ……オマンコをもっとぐりぐりっ……奥までぐりぐりしてくださいっ……クリもっ……クリもいじってっ……痛いくらいにいじりまわしてくださいっ……」

涙を流しながら男たちに絶頂をねだる妻は、緊縛されて性器を露出されている以上に、恥ずかしい存在に成り下がっていた。もはや人間ではなく、盛りのついた獣の牝だった。人間も動物である以上、そういう一面をもっていることは否定できない。だが、それを愛する者との関係の中だけに閉じこめておくのが、人間性というやつだろう。大人の女としての慎ましさであり、奥ゆかしさだろう。

竜平はスツールから立ちあがろうとした。もう見ていられなかった。暴力的な衝動が、腹の底から突きあげてきていた。暴力なんて大嫌いだし、女に手をあげたことだって一度もないが、オルガスムスを求めてくしゃくしゃに歪んでいる妻の顔に平手を叩きつけてやろうと思った。

眼を覚まさせるのだ。そして緊縛をといてもらい、家に連れて帰る。そんなにSMが好きなら、好きなだけやればいい。だがそれは、自分と正式に別れてからだ。いま現在、自分が夫である以上、妻にこれ以上の醜態をさらさせるわけにはいかない。

ところが……。

竜平が怒りの形相で立ちあがるのと同時に、綿貫がこちらに近づいてきた。出鼻を挫《くじ》かれ、竜平は身をすくめた。女を限界まで発情させられるサディストには、気圧《けお》されてしまいそうな牡としてのオーラがあった。

「抱いてやったらどうですか？」

妻には届かないような、小さな声でささやかれた。耳打ちに近かった。

「奥さんは、あんなにイキたがっている。ご主人が抱いてやれば、すっかり満足するんじゃないでしょうかね。ベッドなら奥の部屋にある。僕たちはいったん階上に行っています。もちろん、奥さんの体を自由にしてからね……」

竜平はあんぐりと口を開いて綿貫を見ていた。この男はいったいなんなのだろうと思った。要するにこういうことか？　彼の目的は最初から、自分たち夫婦のセックスレスを解消することだったのか？　ＳＭへの興味とセットで、妻にセックスレスを告白されたときから……。

綿貫にはセックスレスの夫婦を見ると無闇やたらと手を差しのべたくなる、なにか特別な理由でもあるのかもしれなかった。そうでなくても、他意はなさそうだった。単なる厚意に思われたが、竜平は頭の血管が切れそうになった。

馬鹿にするのもいい加減にしろ……。

ＳＭだけなら、まだいい。

自分と貴子との関係に、土足で踏みこまれるのは我慢ならない。人の手を借りてまで維持しなければならない男女の関係ほど、居心地の悪いものはないだろう。むしろ逆に、安易に人の手を借りてしまったからこそ、自分と貴子はおかしなことになりかけているのである。

竜平は挑むように綿貫を見た。妻を平手で叩くのは、やめにした。かわりに覚悟を決めた。毒を食らわば皿まで、と。

「僕は参加しませんよ。どうか最後まで、あなたたちで妻をいじめ抜いてやってください。それが彼女の望むところなんだ。つまり、僕の望むところでもある」

綿貫は一瞬、呆気にとられた顔をしたが、

「……そうですか」

薄い笑いを浮かべてうなずいた。予想がはずれた、というリアクションだった。声をかければ、喜んで妻を抱くと思っていたのだろう。あられもなく乱れている妻にむしゃぶりつき、盛りのついた牡犬のように腰を振りたてるだろうと……それもまた、人を馬鹿にした話だった。

綿貫が踵《きびす》を返そうとしたので、

「ちょっと待ってください」

竜平は両手を揃えて彼の前に差しだした。

「その前に、僕のことも拘束してもらえませんかね。夫の義務として、最後まで見ていようと思います。見ていたいんだが……このままじゃ、暴れだしてしまいそうでね。なにがあっても動けないように、手も足も縛ってください」

冗談ではなかった。腹の底から突きあげてくる暴力的な衝動は怖いくらいで、自分で自分を制御できなくなりそうだった。

綿貫は束の間、眼を伏せて逡巡したが、

「わかりました」

静かにうなずき、竜平を拘束するための道具を取りにいった。

# 第三章　奥さんのように抱いて

1

ひとりで新幹線に乗るのは久しぶりだった。

貴子は旅行が好きなので、可能な限り地方の仕事は断らないようにしている。ハネムーンを棚上げしているかわりというわけではないが、東京とは違う空を見上げ、波の音を聞いたり温泉に浸かったりして、その土地ならではの食事に舌鼓を打てば、気忙しい生活の中でいい気分転換になる。

だが、今日は竜平ひとりで仙台に一泊だ。気ままな物見遊山《ものみゆさん》ではない。取引のある企業に急遽頼まれ、人材育成セミナーの講師をすることになっている。お題は「人を売りこむ」。マネージメント術について、自由にあれこれしゃべってほしいと言われた。講師をするのなんて柄ではないし、人様に開陳できるほどの特別ななにかがあるわけでもないので、普通なら丁重に断るオファーだった。

それでも引き受けたのは、ひとりになる時間が欲しかったからだ。

もっとはっきり言えば、貴子から離れたかった。彼女と同じ空気を吸っているのが、すさまじいストレスだった。

綿貫の家の地下室で「本格的」なSMプレイをしてから、二週間が経っていた。竜平は貴子と、その件についてなにも話していなかった。すれば激昂することが眼に見えていたので、SMの話題を避けるだけではなく、事務的なやりとり以外で口をきいていない。眼も合わせず、食事の時間さえずらしている。

もちろん、自分たち夫婦のこれからについて、いずれきっちり話さなければならないだろう。言いたいことや問いただしたいことなら山ほどあったが、冷静な気持ちでテーブルにつかなくてはならなかった。そういう思いはあるものの、半月が過ぎても冷静さを取り戻すことができないでいる。

ひとつ屋根の下で暮らしながら、妻を避けてばかりいる夫の態度に、貴子は苛立っているようだった。なにかを言いかけたことは何度もあったが、結局はぐらかした。いまの状況で話しあいをすればどういう結論に至るのか、彼女にだって想像がつくからだろう。別れ話が待っているだけに決まっている。

二週間前――。

竜平はみずからの申し出によって、手足の自由を奪われた。それまで座っていたスツールではなく、頑丈な木製の椅子に両手両足をロープでくくりつけられた。暴れだしてしまいそうな自分を恐れたからだったが、拘束された瞬間、鼓動が乱れ、背筋に冷や汗が浮かんできた。身動きできない状態というのは、途轍もない恐怖であることを思い知らされた。意思をもつ人間ではなく、別の生き物――いや、椅子とかテーブルなどと同列の物体になってしまったような気がした。

妻もこの恐怖を感じているのだろうか、と思った。

彼女は竜平よりずっと不様な格好で拘束され、あまつさえ女の恥部という恥部をさらしものにされていた。上半身は真っ赤なロープで乳房をくびりだされ、下半身は陰毛から性器、排泄器官に至るまですべてが剝きだしだった。

そんな屈辱的な状況にもかかわらず、恐怖や羞恥に打ち震えるのではなく、オルガスムスを求めてむせび泣いていた。女が決して口にしてはならない卑語を叫びながら絶頂をねだるその姿は、もしかすると発情した獣よりもさらに卑しい存在かもしれなかった。人間が人間性を捨てて獣になろうとしているのだから、ただ生きるために生きている獣より醜悪であってもおかしくない。

だが、それほどの恥をかいても、妻はイカせてもらえなかった。ふたりのサディストたちは呆れるほど執拗に、妻を焦らし抜いた。添田はむっちりした太い指で妻の中を掻き混ぜながら、電マでクリトリスを刺激した。綿貫は身悶える妻の全身を、爪を立てたフェザータッチでくすぐりまわした。脇腹や腋窩はもちろん、全身の素肌を彼の指は這いまわった。妻の反応は眼を覆いたくなるほど淫らだった。体中が敏感になっているようで、どこを触られても激しく身をくねらせて甲高い悲鳴を放った。

イキかけると添田は指を抜いて電マを離し、綿貫は妻の尻を平手で叩いた。肉を打ちのめす乾いた打擲《ちょうちゃく》音が、天井の低い地下室にこだました。

妻は汗みどろだった。五体の素肌という素肌を生々しいピンク色に染め抜いて、汗でヌラヌラと濡れ光らせていた。口からは涎を垂らし、やがて大粒の涙をボロボロと落とした。「ひっ、ひっ」と嗚咽までもらして、少女のように手放しで泣きじゃくった。絶頂を逃したもどかしさのためか、あるいは尻を叩かれる痛みや屈辱のせいなのか、もはや彼女自身にもわからなくなっているようだった。竜平は戦慄を覚えていた。このままでは妻が狂ってしまうのではないか、と思った。

綿貫がなにかを添田に渡した。ヴァイブだった。色は紫、自分のものと比べるのも嫌になるような極太サイズで、表面にびっしりとイボがついていた。

それを割れ目に咥《くわ》えこまされると、妻は半狂乱でよがり泣いた。添田はヴァイブを抜き差ししつつ、クリトリスには電マをあてた。裸身を激しく痙攣させる妻の体からは無数の汗の粒が飛び散り、乳首につけられた鈴は鳴りやまなくなった。床についているほうの片脚がガクガクと震えていたが、膝が折れそうになると、添田はひときわ深くヴァイブを入れた。下からヴァイブに突き刺されることで、妻はかろうじて立っていた。綿貫は、彼女がアップにまとめている髪をおろした。腰まである長い黒髪にざっくりと指を入れ、自分の方を向かせた。

「イッてもいいぞ」

冷めた眼つきで静かに言った。

「思いきりイクところを、ご主人に見せてやれ」

妻は眼を見開き、涎まみれの唇を震わせた。ようやく竜平のことを思いだしてくれたようだった。綿貫はもちろん、わざと思いださせようとしたのだろう。思いだしたときの妻の恥にまみれた表情を拝むために……。

しかしそれも一瞬のことで、妻はきりきりと眉根を寄せていくと、長い黒髪を振り乱して絶頂に駆けあがっていった。汗みどろの裸身をいやらしいほどくねらせて、淫らな快感をむさぼり抜いた。

それで終わりではなかった。妻が一度イキきると、綿貫と添田はポジションを替えた。今度は綿貫がヴァイブを操り、オルガスムスに導いた。いままで焦らしたぶんの帳尻を合わせるかのように、連続絶頂で責めたてた。

「もうやめてっ！　壊れるっ！　壊れちゃいますっ！」

五回を超えると妻は、泣き叫んで許しを乞うた。それでも、ヴァイブと電マで責められればイッてしまう。結局、十回以上イカされた。最後のほうは拷問じみていた。刺激を拒みつつもイキまくる妻の姿は、どんどん人間離れしていった。

すべてが終わったときの光景は凄惨なものだった。最初に両手と片脚を吊られたとき、蜘蛛の巣に捕まった蝶々のように見えたが、蝶の死骸になっていた。もちろん、息はしていたが、白眼を剝きそうな半失神状態だった。生物として生きてはいても、人間にとっていちばん大切な魂を、ぺしゃんこに潰されてしまったように見えた。

竜平は怒りに震えていた。

綿貫に対してではない。夫婦の関係に土足で踏みこもうとしたのは許せなかったが、それ以外のことについて、彼は約束をしっかり守った。NG項目はひとつも破らなかったし、なにより、自分の欲望を露わにしなかった。やっていることは鬼畜の所業のようなものでも、それは妻が求めたことなのだ。

竜平が怒りを覚えていたのは、最後まで「ストップ」と言わなかった妻の貴子に対してだった。竜平の眼にどのように映っていようが、つまり彼女は興奮し、感じていたのだ。連続絶頂で、失神しそうなほどの快感を噛みしめたのだ。

そんな女だとは思わなかった。百年の恋も冷めるとはこういう状況を言うに違いない。内心で怒り狂いながら、絶対に別れてやると胸に誓った。

しかし……。

竜平は怒り狂いながらも、勃起していた。ズボンの中でイチモツが、痛いくらいに硬くなっていた。なぜこんなにもおぞましい光景を見せつけられて興奮しているのか、自分でも訳がわからなかった。確実にわかっているのは、三十年間生きてきた中で、あのときほど性的な興奮を覚えたことはないということだった。

半月が経ったいまでも、思いだすと勃起しそうになってしまう。

新幹線の中にもかかわらず、股間の前が突っ張ってしまい、あわてて脚を組まなければならなかった。

なぜ興奮してしまったのか……。

竜平は自己嫌悪にのたうちまわった。

興奮しなかったのであれば、別れるのは簡単だった。冷静に三行半《みくだりはん》を突きつけるだけでよかった。それができないのは、怒り狂いながら興奮してしまったという事実に加え、その状況がいまなお続いているからだった。

貴子といると尋常ではないストレスを感じるのに、彼女を求めているもうひとりの自分がいる。ひとつになって腰が抜けるまで抱きまくりたいという欲望が、自分の中にたしかにある。

あれ以来、竜平が貴子を見る眼は変わった。生涯を共にする連れあいでも、仕事上の素晴らしいパートナーでも、自分の人生を賭けて成功に導きたいアーティストでもなく、女であることばかり意識していた。側にいるだけで欲望が煮えたぎり、勃起してしまうことも珍しくなかった。

ならば抱いてしまえばいい――夫婦である以上、その権利はあるはずなのに、できないから苦しくてたまらなかった。貴子に拒まれているから抱けないのではない。彼女を満足させる自信がないのだ。

自分がどれだけ情熱的に腰を振りたてたところで、失神寸前までイカせつづけることができるとはとても思えない。強引に事に及んだとしても、事後にはしらけた空気に打ちのめされるに決まっている。

まったく頭にくる。

怒り狂っているのに別れられず、抱きたいのに抱くことができない——相反する激しい感情がぶつかりあってスパークし、竜平をどこまでも苦しめる。

## 2

仙台市内にあるホテルの会議室で、人材育成セミナーは行われた。

竜平が担当するマネージメント術の他、プレゼンテーションやマーケティングリサーチについて、初心者向けの講座が用意されていた。参加者は主に企業の新入社員だったが、就職活動や転職活動のために個人で参加している者も少なくなかった。

竜平の講座は意外なほど参加者の反応がよく、主催者からの評判も上々だった。責任を果たせてホッとしたが、打ち上げの宴席には参加しなかった。ホテルの喫茶室で夕食がわりのサンドウィッチを食べると、セミナーの主催者が用意してくれたシングルルームにこもった。

ひどく落ち着かなかった。神経がささくれ立っていた。貴子から離れてひとりになりたかったのに、離れたら離れたで異常なほどの不安が押し寄せてきた。考えてみれば、結婚してから妻と同じ部屋で眠りにつかない夜は初めてだった。ベッドに寝転んでぼんやりと天井を眺めていると、貴子のことばかり考えてしまう自分がいた。

妻はいま、ひとりでどんな夜を過ごしているのだろう……。

スマホでSMの動画でも漁っているのか……。

そんなことをしなくても、綿貫と添田に与えられたおぞましくも超絶的な快感を思いだすだけで、いくらでも自慰に耽れるのか……。

ホテルの部屋にいても鬱々とするばかりだったので、タクシーで繁華街に出た。すでに午後十時を過ぎていたが、酒でも飲まなければ眠れそうになかった。知らない街で店を物色するのは苦手ではないのに、なかなか最初の一杯に辿りつけなかった。どこに入っても、気持ちよく酔える気がしなかった。

もちろん、街や店が悪いわけではなく、こちらの心理状態のせいだろう。いっそコンビニで酒を買って部屋に戻ろうかと思いながら道を歩いていると、「先生！」と声をかけられた。

黒いリクルートスーツに身を包んだ若い女だった。セミナーの参加者である。

「野村万里華《のむらまりか》です。覚えてますか？　最初に質問した……」

「ああ……」

竜平は笑みをつくってうなずいた。市内の大学に通う女子大生で、卒業後は芸能事務所への就職を希望しているらしい。

最前列に陣取り、真っ先に質問してくる熱心さにも頭がさがったが、いかにも純朴そうな容姿が印象に残っている。雪国生まれらしい真っ白い肌をして、クリッと大きな眼が可愛らしい。都会の女にはない、穢れを知らない清らかさを感じた。

「先生はお食事の帰り？」

「いや……これからちょっと飲もうと思ってさ」

「おひとりで？」

「まあね。苦手なんだ、打ち上げの宴会とか。社会人としては失格だけど」

万里華は笑った。

「ひとりで飲むのが好きなんですね？　なんかハードボイルド」

「そういうわけでもないけど……」

「じゃあ、ご相伴させてもらってもいいですか？」

「えっ……」

「わたしいままで、セミナーに一緒に参加した友達と飲んでたんですけど、飲み足りなくて。もう一軒行きたいと思ってたんです」

「キミこそひとりで飲み歩くタイプなのかい？」

「違いますよぉ。ひとりだったら帰るしかなかったんで、ここで先生に会えてラッキーって……」

リクルートスーツに包まれた体を揺らして笑う姿に若さを感じた。箸が転がってもおかしい年ごろ、というやつなのかもしれない。

誰かと飲んだほうが余計なことを考えなくてすむかもしれないと思い、竜平は万里華の提案を受け入れた。眼についた店に適当に入ると、照明の薄暗いオーセンティックなバーだった。女子大生の彼女にはいささか不釣り合いな気もしたが、好奇心に眼を輝かせている。

「なんかすごい大人な雰囲気。わたし、こういうところ来たことないです」

「まあ、おじさんが来るような店さ」

「なるほど」

万里華が竜平の顔を見て納得したようにうなずいたので、少し傷ついた。三十歳の自分はまだおじさんではないと思うが、女子大生の眼にはおじさん以外のなにものでもないのかもしれない。

竜平はシングルモルトのオン・ザ・ロックを、万里華にはあまり強くないカクテルをつくってくれるようバーテンダーに頼んだ。乾杯しつつ話題を探した。考えてみれば、若い女とふたりきりで酒を飲むなんて久しぶりだった。

「キミはどうしてマネージメントの仕事に興味をもったのかな?」

「誰かのために頑張りたいんですよ」

あまりにきっぱりした答えが返ってきたので、竜平は眼を丸くした。

「自分のためではなく、誰かのため？」

「はい。わたし、自分のことはよくわかってるんです。特別な才能があるわけじゃないって。だから、才能あふれる人のために尽くすことで、自分もちょっとだけ夢を見たいなあって。陰からこっそり。縁の下の力持ちって感じで」

「ずいぶん割りきってるっていうか、若いのに諦めが早いんだねえ」

竜平は苦笑した。特別な才能などなくても、彼女はまだ二十歳そこそこで、可愛らしい容姿をしている。自分が主役の未来なんて、これからいくらでも切り拓いていけそうなのに……。

「先生なら、わたしの気持ちわかってくれると思うんですけど」

「んっ？　どうして」

「だって……」

万里華はバッグからタブレットを出した。画面に現れたのは、貴子のホームページだった。プロフィールや受賞歴、今後の活動予定を彼女の写真をふんだんに使って紹介している。もちろん、つくったのは竜平である。

「本当に魅力的ですよね。女のわたしから見ても、凜々しいし、コケティッシュだし、血統書つきの猫みたい。おまけに学生時代から将来を嘱望されるほど、お花の才能があったなんて……先生が会社を辞めてまで個人マネージャーになりたくなった気持ちがよくわかります」

「まあ、僕の場合は結婚してるし……」

「ってことは、公私ともに彼女に尽くしてるってことですよね。奥さんって絶対、家事とかしないでしょう？　してたら逆に幻滅するっていうか」

　竜平は苦笑するしかなかった。

「わたしもいつか、そういう人に巡り会いたいです。自分のすべてを捧げて、尽くせる人に。わたしには生涯、スポットライトがあたることなんてないでしょうけど、わたしのかわりにまぶしい光にいっぱいあたってもらいたい」

　眼を輝かせて話す万里華からは、夢と希望が伝わってきた。いささか控えめな夢と希望でも、若者が未来に胸を躍らせている姿を見るのは、悪い気分ではなかった。

　マネージャー稼業の先輩として、大人ぶった意見をぶつ気にはなれなかった。実際に現場に出れば、夢や希望だけでやっていけないことくらいすぐにわかる。それでもつらいことばかりではない。彼女が言うように、才能ある人間に尽くすことで、自分も同じ夢を見ていると思える瞬間がたしかにあるのだ。

「どうしたんですか？」

「えっ……」

「いま先生、遠い眼になってましたよ」

「そっ、そうかい……」

一瞬、ぼんやりしていた。頭の中に貴子との思い出が走馬灯のように駆け巡ったからだった。仕事においては、圧倒的にいい思い出が多かった。寝る間も惜しんで努力もしたが、それが報われていた。貴子の才能が偽物ではないおかげだった。

しかし、プライヴェートとなると……。

いや、それだって本当は楽しい思い出ばかりなのだ。貴子は家事がいっさいできないし、やる気もないようだが、そんなことはたいした問題ではなかった。愛する彼女といつでも会話ができる生活は胸躍るもので、なぜもっと早く一緒に住みはじめなかったのかと後悔したくらいだった。

ただ一点……。

たったひとつの汚点を除いては……。

「わたし今日、感動したんですよ」

今度は万里華が遠い眼で言った。

「マネージャーをしてていちばん苦労したことってなんですか、って質問したじゃないですか？」

「ああ」

「べつにありません、って先生は即答して」

「ちょっとそっけなかったな」

「すごい自信もってる感じで答えてくれたんで、感動したんです。ああ、この人、本当に緒方貴子先生のこと愛してるんだなあって」

「感動するほどのことかね」

「せっかくの機会なので、訊きにくいこと訊いてもいいですか？」

「ハハッ、怖いな」

竜平はグラスに残った酒を飲み干し、おかわりを頼んだ。万里華のグラスも空いていたので、そちらも頼む。

「奥さんって、すごい面倒くさい人でしょう？」

万里華は声をひそめ、ちょっと意地悪な眼つきをした。

「あんなに綺麗で、お花の才能もあって、性格までいいわけないいんですよ。あ、これは悪口じゃないですからね。わたしの大好きな女優さんとかでも、きっとそうだと思うんです。天賦の才を発揮して生きてる人って、大なり小なりまわりを犠牲にして生きてるっていうか……ね、奥さんも面倒くさいでしょう？」

「……どうだろうな」

竜平は曖昧に首をかしげ、グラスを口に運んだ。

一般的な見方をすれば、たしかにそうかもしれなかった。貴子は好き嫌いがはっきりしているし、一度決めたら譲らない。なんでも自分の都合のいいように解釈するのはいつものことで、まわりの空気を読んでいるところなんて見たことがない。

だが、面倒くさいと言えば面倒くさいそういう性格も、竜平にとっては好ましいのだ。いちおう困ったふりはするけれど、自分だけが彼女のことを理解しているという優越感に浸っている。竜平は自分のことを、きわめて常識的かつ凡庸な男だと考えていた。面倒くさい人間ではないだろうが、面白い人間だとも思えない。貴子は逆だ。面倒くさいところも含めて、たまらなく面白い。

「わたし絶対、才能ある人にはわがままでいてほしいんです。そのほうが尽くし甲斐がありそうじゃないですか。振りまわされて振りまわされて、それでも才能の輝きに納得させられるっていうのが、理想の関係かな」

彼女はマネージャーという仕事を、宮廷のお姫さまに仕える侍女のように考えているようだった。「おいおい、そんなもんじゃないぜ」という言葉が、喉元まで迫りあがってくる。竜平の仕事は、宮廷の侍女よりも遥かにビジネスライクだし、時に狡猾な駆け引きだって必要だった。貴子の相手をするだけではなく、クライアントの意向も尊重しなければならないからだ。したたかに振る舞わなくては、才能なんて簡単に潰されてしまうのが、シビアな現実というものなのである。

とはいえ、カクテルグラスを傾けながら夢見るように話をしている万里華に、冷や水を浴びせる気にはなれなかった。

竜平の中にも、彼女と似たところがあるからだった。こっちだって振りまわされたくて振りまわされてるんじゃないんだけどな、と内心で溜息をつきながらも、シンパシーを覚えていた。マネージャー体質というものがあるとするなら、万里華はそれをもちあわせているかもしれない。

3

店を出たのは午前一時過ぎだった。

タクシーで帰るから終電は気にしなくて大丈夫です、と万里華はなかなか席を立とうとしなかった。

竜平も気持ちよく飲んでしまった。あまり大声では言えないけれど、女子大生に尊敬の眼を向けられながら飲む酒は甘美だった。もちろん、ドレスで着飾った女がいる店にいけば、高い勘定と引き替えにいくらでもお世辞を言ってもらえるだろう。しかし、万里華の瞳に宿っている尊敬の念は、そういうものとは根本的に違った。彼女は奇特にもマネージャーという職業に憧れ、竜平はそれを生業にしている。いささか気恥ずかしかったが、プライドをくすぐられたのも事実だった。

「タクシーはどこで拾ったらいいんだろう？」

勝手のわからない繁華街で竜平が立ち往生すると、

「こっちです」

万里華がふらついた足取りで先導してくれた。薄暗い路地に入っていっても、地元の人間だけが知る抜け道なのだろうと気にもとめなかった。しかし、ラブホテルの前で立ちどまられると、さすがに戸惑った。

「ちょっと休憩していきませんか？」

万里華がラブホテルの看板を横眼で見ながら言ったので、竜平は一瞬、呆気にとられた。

それは普通、男がささやく台詞ではないだろうか？

「歩いたら、なんだか急に酔いがまわってきちゃって……」

「……本当に休みたいの？」

鼻白んだ気分で訊ねると、万里華は眼を伏せたままコクンとうなずいた。

「わざわざこんなところで休憩しなくても、タクシーに乗れば座れるし、自分のベッドのほうがゆっくり眠れるんじゃないか？」

万里華は言葉を返さず、その場にしゃがみこんだ。帰るつもりはないようだった。若い女をひとりで薄暗い路地裏に残していくわけにもいかず、竜平は深い溜息を三度ばかりついてから、しかたなくラブホテルに入った。

いったいなにをやっているのだろうと思った。元のホテルに帰れば主催者が用意してくれた部屋があるのに、リクルートスーツ姿の女子大生と淫靡な空気が充満している密室に入るなんて……。

パネルで部屋を選ぶときも、狭いエレベーターの中でも、万里華は竜平の腕にしがみつき、ずっと顔をあげなかった。体を押しつけられているせいで、彼女が意外なほどボリュームのある体をしていることがわかった。純朴さと清らかさを象徴するような長い黒髪から、女の匂いが漂ってきた。

そこまでは、まだよかった。部屋に入った瞬間抱きついてきたので、やはり仮病だったのかと、竜平は内心で舌打ちをした。

「休憩だけって言ってたろ……」

なんとかなだめて、ソファに座らせた。断られたことが恥ずかしいのだろう、万里華は下に向けた顔を真っ赤にして、もじもじと体を揺すっている。先ほど体を押しつけられたせいで、胸の大きさを意識してしまった。かなりの巨乳だった。よく見ると、白いシャツの第二ボタンがいまにもはじけ飛んでしまいそうで、小さな菱形に開いた合わせ目から雪色の素肌がのぞいている。

「そんなに冷たくしなくてもいいじゃないですか……」

万里華は目の前にあるテーブルからファイルを取り、パラパラとめくった。ピザや寿司など、デリバリーのメニューがまとめられているファイルだった。腹が減っているわけではなく、気まずい雰囲気を誤魔化かすために、そんなことをしているのだろう。

竜平の胸で、罪悪感が少し疼いた。女に恥をかかせてしまった、ということになるのだろうか。いや、いくらなんでも、今夜の流れでそういう展開を期待するほうがどうかしている。バーにいたときは、おかしな空気は毛ほども感じなかったのだから。

「わたし、なんでもしてあげますよ。ＡＫＢになれって言われればＡＫＢになるし、ミニスカポリスでもナースでも……」

なにを言っているのかと思ったら、万里華が開いているファイルには、デリバリーのメニューだけではなく、レンタル衣装が紹介されていたのだった。アキバ系の制服をはじめとして、安っぽく、ペラペラしたコスチュームが並んでいる。服というより、セックスを盛りあげるための小道具が……。

竜平はわざとらしいほど深く溜息をついてから、コイン式の冷蔵庫で、自分のためにビールを、万里華のためにミネラルウォーターを買った。ベッドに腰をおろしてビールを飲むと、びっくりするくらい旨かった。

モテているから、だろうか？

困惑してしかるべきシチュエーションなのに、どこかで楽しんでいるもうひとりの自分がいた。俺も捨てたもんじゃないんだな、と思ってしまった。女子大生のほうから迫られるような事態が我が身に起こるなんて、下りの新幹線に揺られているときは想像もつかなかった。

とはいえ、据え膳をいただいてしまおうとは思わなかった。万里華に魅力がないわけではない。浮気をするような男に成り下がりたくないからだ。妻との関係がこじれている現在、多少の火遊びくらい神様だって見逃してくれるかもしれないけれど、自分が嫌なのだ。

少し休んだら、万里華を家まで送っていくつもりだった。だがその前に、すっかり落ちこんでいる彼女を少し元気づけてやったほうがいい。

「恋人はいないのかい？」

膝の上でファイルをひろげている万里華に声をかけた。

「……いません」

「モテそうだけどね」

「……言われたこともありません」

「なんだかずいぶん荒んでるな」

竜平は苦笑した。

「だからって、僕みたいな既婚者のおじさんを相手にすることないだろ。そのうち相応しい相手が見つかるさ」

黙っている。

「もしかして、ずっと年上の男がタイプなわけ？　ファザコンの気があるとか？　よくないと思うなあ。キミなら絶対同世代の彼氏が……」

「そうじゃなくて！」

万里華が真っ赤に染まった顔をあげた。

「先生は、貴子さんのご主人じゃないですか」

なんとも言えない違和感が、竜平の胸をつまらせた。「貴子さん」と言った万里華の口調に、普通ではない馴れなれしさを感じたからだ。

「まさか……妻のことを知っているのか？」

万里華がコクンとうなずいたので、竜平は顔から血の気が引いていくのを感じた。

「知ってるっていっても、知りあいじゃありませんよ。お会いしたこともないですし、後ろ姿をちょっと見かけただけで。あの人が緒方先生って教えてもらったんですけど、声もかけられなかった……」

残念そうに、溜息をもらす。

「三年くらい前、仙台のデパートで花展があったとき、貴子さんも出品してたんです。緒方貴子ってプレートがついた花だけ、まわりと全然違いました。けっこう大御所の先生も出品してたのに、完全に霞ませてて……わたしこう見えて、小学校のころからお花のお稽古に通ってたんです。貴子さんのお花を見て、やめました。なんてみすぼらしい生け方しかできないんだろうって、嫌になっちゃった……でも、貴子さんのことは忘れられなかったから、ネットでよくチェックしていたんですね。ツイッターもフォローしてたんですけど、事務的なイベントの告知だけでプライヴェートは全然……本人の写真すら載ることがなかった。なのに二年くらい前から急に、ホームページが本格的なやつにリニューアルされて、写真もたくさん載ってて……初めて貴子さんの顔を見たときは、びっくりして頭の中が真っ白になりました。なんて綺麗な人なんだろうって。天は二物を与えるんだって……」

竜平はビールを口に運んだ。残っていたのは少しだけで、ぬるくてまずかった。缶を潰してゴミ箱に投げた。どうやら今度は、こちらが荒む番のようだった。

二年前に貴子の写真を解禁したのは、竜平がそうするように説得したからだ。ちょうど、マネージメントオフィスを興したタイミングだった。それまで貴子は、見てもらいたいのはあくまで作品で、自分の容姿を世間にさらすことを避けていた。

もったいない、と竜平は主張した。どんなジャンルでも、ファンというのは作品にではなく、その制作者であるアーティストにつくものなのである。

ましてや貴子は有り体に言って美人だし、プラスアルファの魅力をもつ容姿をしている。色気があるとかセクシーなどとメディアに紹介されると貴子は苦虫を嚙みつぶしたような顔をしていたが、彼女の容姿に惹かれてファンになった者、あるいは仕事をオファーしてきたクライアントは少なくない。新規のファンやクライアントの担当者は、年配の男が目立った。貴子のような生意気そうな美人顔とトランジスタグラマーの組み合わせは、中高年男性の琴線に触れるのである。

それはともかく……。

「つまりキミは、僕が貴子の夫だから、今日のセミナーに来たわけか？」

コクン、と万里華がうなずく。

「マネージャーになりたいっていう話は……」

「すいません、嘘です。わたしとっくに、地元の信用金庫に内定もらってますから。親のコネで」

呆れるしかなかった。

要するに、万里華にとって竜平は貴子の添え物——憧れの華道家の夫であるからセミナーの最前列に陣取り、積極的に質問までし、繁華街で顔を合わせたのでこれ幸いと飲みに誘い、ついでに抱かれたいと思ったようだった。どうかしている、としか言いようがない。

まったく、アイドルのストーカーも裸足で逃げだすような屈折しすぎたファン心理だったが、竜平は笑い飛ばすことができなかった。俺も捨てたもんじゃないなどと優越感に浸っていたせいで、したたかに傷つけられた。

いや、傷つけられたというより、恥をかかされたと言ったほうが正確なのかもしれない。

顔が熱くてしかたなかった。彼女に恥をかかせたと思っていたのに、実際には逆だったわけだ。

「見せてごらん」

万里華からファイルを奪い、コスプレのページを眺めた。本当に恥ずかしい格好に着替えさせて、笑いものにしてやろうかと思った。こんな安っぽいコスプレ、着けたところでセクシーになどなりはしない。滑稽なだけだ。

笑いものにし、馬鹿にしたついでに抱いてやってもいいが、その場合もやさしくしてやるつもりはなかった。自分勝手に腰を振り、自分ファーストで射精する。自分を傷つけた女を、まるでレイプでもするように好き放題にもてあそんで……。

乾いた笑みがもれた。そんなことをしたところで、気分が晴れるわけがなかった。自分が妻の添え物であるという事実をよりいっそう思い知らされ、ますます落ちこむだけに決まっている。たとえ乱暴に犯しても、万里華は喜びそうだった。憧れの貴子と同じようにされているのだと……。

そのとき。

ひとつのコスチュームに眼を奪われた。ボンデージファッションというのだろうか、黒いエナメルの細い帯が、女の体に蜘蛛の巣のように張りついていた。乳房がくびりだされているところが、真っ赤なロープで緊縛された妻の姿を思い起こさせた。といっても、縛るのではなく、水着のように着られるものらしい。ご丁寧に「SM初心者でも安心してご利用いただけます」と書き添えてある。

万里華を見た。自分を守るように両手で体を抱きしめながら、媚びたような眼つきでチラチラと見返してくる。先ほどの彼女の台詞が、竜平の耳底に蘇ってきた。わたし、なんでもしてあげますよ……。

「これでもいいかい？」

ファイルを見せてやると、

「えっ……ＳＭですか？」

万里華は眉をひそめた。完全に引いていた。十歳近く年上の男をみずからラブホテルに引っぱりこむ大胆娘も、さすがにＳＭには抵抗があるようだったが、

「貴子はドＭだよ」

竜平の言葉に眼つきを変えた。

「ああ見えて、マゾのド変態なんだ。夫の僕が言うんだから嘘じゃない」

4

バスルームで着替えている万里華を待ちながら、竜平は貴子のことを考えていた。貴子とＳＭ、そして自分たちの未来について……。

このままでは夫婦関係が破綻することは眼に見えていた。そして、破綻を回避する方法は限られている。妻を自由にさせ、竜平が我慢するか……あるいは、竜平がこれまでの自分の殻を破り、新しい人間に生まれ変わるか……。

たとえば、竜平に綿貫のかわりが務められるなら、状況は劇的に変化するのだろう。貴子は性的に満足するし、竜平が綿貫に嫉妬することもない。他の男に性感帯をいじられてイキまくっている妻に、蔑みや嫌悪感を抱くこともなくなる。

問題は、竜平にサディスティックな素質があるかどうかだった。素質どころか、いままでは欲望すら抱いたことがない。女を縛りあげたり、辱めたりすることが、どういう種類の快楽に繋がるのか理解できない。

しかし……。

いまこのときばかりは、縛りあげ、辱めたい女がいた。万里華のような女なら、そうしてもかまわない気がした。純朴そうな見た目にすっかり騙されてしまったけれど、中身は相当に歪んでいる。憧れの女がいるとして、普通その夫に抱かれたいと思うだろうか？　おまけに、目的のためなら平然と嘘八百を並べたてる。男をナメきっているこんな無神経な女子大生には、きついお灸をすえてやったほうがいい。

やってみようと思った。

サディスティックなプレイを一度でも経験してみれば、自分の中に別の自分を発見できるかもしれなかった。不安もあるが、ただ悶々としているばかりではなにも始まらない。夫婦関係が壊れていくのを、ただ指を咥えて眺めているわけにはいかない。

「……着けましたけど」

万里華がバスルームの扉を開け、顔をのぞかせた。

「こっちに来るんだ」

やけに堂々としている自分に、竜平は自分でも驚いた。少し前なら、堂々となんてできなかったはずだ。まだ記憶に新しい綿貫の言動を、無意識になぞろうとしているのかもしれない。

万里華がバスルームから出てきた。その体は、黒いボンデージで飾られていた。ワンピース水着の生地にところどころ穴を空けたようでもあり、黒いテープを体中に巻きつけたようでもあるその格好は、想像以上にエロティックだった。

万里華のスタイルのせいもあるだろう。着痩せするタイプらしく、リクルートスーツを脱いでみれば、ぽっちゃりとふくよかだった。おかげで、ボンデージファッションが体を締めつけている感じがよく出ている。一、二センチ幅の黒いエナメルの帯が体のあちこちに食いこみ、白い肉をはみださせている。雪国育ちらしいもちもちした白い肉が、悩殺的なほどいやらしい。

竜平は彼女の後ろにまわりこむと、両腕も拘束した。背中に黒いエナメル製の手枷がついていて、マジックテープで簡単に着脱できるようになっていた。なるほど「SM初心者でも安心」と謳われるに相応しい代物だ。綿貫や添田のように一本のロープを複雑にからみあわせなくても、亀甲縛りふうの拘束ができる。

「こっ、怖いです……」

両手の自由を奪われた万里華は、体を小刻みに震わせている。いちばん震えが目立つのは、黒いエナメルにくびりだされた乳房だった。小玉スイカほどもありそうなくらい大きいので、裾野がひしゃげて変形している。くすんだあずき色の乳暈も大きく、垂れ目のパンダのように愛嬌があったが、ひしゃげて震えているとエロスを感じる。

「妻にも同じことをしている」

殺し文句をささやきながら、顔をのぞきこんでやる。クリッとしたつぶらな瞳、長い睫毛、赤く色づいた唇。なかなか可愛らしいが、表情は不安だけに彩られている。大きな眼を泳がせては、すがるようにこちらを見る。

竜平がフロントにオーダーしたのは、コスチュームだけではなかった。「ソフトSM七点セット」なるものと、さらに電マとヴァイブ。

「ソフトSM七点セット」の袋には、アイマスク、革製の枷、綿製のロープなどが入っていたが、最初に眼を惹いたのは細い棒のついた羽根だった。これを使って女体をくすぐってみましょう、と訴えかけてくる存在感があった。

竜平は棒をつかみ、羽根を万里華に近づけていった。SM初体験の女子大生は身をすくめて怯えた。その姿に、竜平はゾクッとした。これがサディストの愉悦だろうかと、胸がざわめく。よくわからないままに、羽根で乳房をくすぐりはじめる。

万里華はいやいやと身をよじった。後ろ手に拘束されているから、そういう動きもいちいちいやらしい。くすんだあずき色の乳暈をなぞるように、円を描いて羽根を動かす。濃く色づいた中心が、次第に突起してくる。初々しくも感度が高そうな乳首だった。羽根で撫でると、万里華はビクッとして声を震わせた。

「たっ、立っているのがつらいです……」

「我慢するんだ」

万里華の泣き言を、竜平は一喝した。寝かせてしまっては、見栄えが悪くなりそうだった。乳首だけではなく、脇腹、首筋、耳もくすぐってやる。万里華は肉づきのよすぎる体をよじりつづける。

下半身に眼をやると、黒いエナメルがビキニパンティ状になって女の恥部を守っていた。

その下に自前らしき紺のパンティを穿いたままなのは興醒めだったが、まあいい。彼女の着けているコスチュームはパンティ部分だけ分離するようになっているので、あとで恥ずかしいところを全部見てやる。

太腿を羽根でくすぐっていると、

「ほっ、本当にっ……貴子さんにもこんなことをしてるんですか？」

万里華は足踏みをしながら恨みがましい眼を向けてきた。

「妻の場合はもっとハードだ。こんなことをしたりね」

竜平は後ろから万里華の腰を抱き、手のひらで口を塞いだ。呼吸ができなくなった彼女はうぐうぐと鼻奥で悶え、みるみる顔を真っ赤に染めていった。素肌の色が雪のように白いから、紅潮がとても鮮やかだった。

塞いだ手のひらを離してやると、大きく口を開いて息を吸いこもうとした。その口に、竜平はすかさず指を突っこんだ。ピンク色の舌をつまんで引っぱりだした。万里華は鼻奥で悶え泣き、眼に涙を浮かべた。

拘束された万里華は、竜平の前で完全に無力だった。涎を垂らすほど舌を引っぱられても、地団駄を踏むことしかできない。あまり暴れると、竜平は舌をつまんでいないほうの手で、乳首をひねりあげた。黒いエナメルパンティからはみだしている尻肉を、ピシッと叩いた。

こんなことをしてなにが楽しいのか——悶え泣く万里華を見つめながら、竜平は考えていた。綿貫の気持ちがわからなかった。

だが次第に、なんとも言いようのない感情が、体の奥底で疼きだしたのも事実だった。性的な興奮かどうかはわからない。わからないまま、竜平は勃起していた。

万里華がただの無力な女ではなくなってきたからだ。

舌を引っぱりだされた彼女は、涙眼になって鼻奥で悶え泣いていた。つらそうに眉根を寄せ、小鼻を赤く腫らしていった。

その表情から、濃厚な色香が漂ってきたのである。二十歳そこそことは思えないほど、色っぽい眼つきになってきた。

発情が生々しく伝わってくる。

リクルートスーツに身を包んだ彼女は、純朴で清らかだった。穢れを知らないような、可愛らしい若い女の子だった。逆に言えば、色気など感じなかった。表情もたたずまいも立ち居振る舞いも、セクシーやエロティックからは程遠かった。

なのに……。

万里華はいま、ツンと鼻につく若牝の匂いを振りまいて、男を挑発してくる。発情のフェロモンをたしかに感じる。手も足も出ないくせに扇情してくる。

竜平は彼女の舌から手を離し、エナメルパンティのフロント部分を引っぱりあげた。下にもう一枚パンティを穿いているとはいえ、ぎゅうっと股間に食いこませれば、万里華は甲高い悲鳴をあげずにはいられなかった。極端な内股になって両脚を震わせ、身をよじっている姿がいやらしすぎる。

「キミも妻と同じ人種か？」

竜平は蔑んだ眼を向けた。

「マゾのド変態なのか？」

万里華はこわばった顔を左右に振ったが、眼に涙を溜めていた。苦痛の涙でも屈辱の涙でもなく、喜悦の涙にしか見えなかった。

5

ベッドに移動した。

「ソフトＳＭ七点セット」の袋には綿製のロープも入っていたが、その他にマジックベルトも入っていた。それを使えばロープを使うよりずっと簡単に、女体を恥ずかしい格好に拘束できるようだった。

上半身にはすでに黒いエナメルの帯が食いこんでいるので、今度は下半身だ。右の太腿に固定したマジックベルトを、頭の後ろを通して左の太腿に固定する。これで万里華は、両脚をM字に開いたまま閉じることができない。

もちろん、両脚を拘束する前に、股間を覆い隠している余計なものは脱がしてあった。黒いエナメルパンティと、彼女自身の紺のパンティだ。後者の股布の内側をチラリと見ると、驚くほど大きなシミができていた。やはり彼女は発情しているのだ。

それをあげつらって辱めてやってもよかったが、できなかった。視線はすぐ、別のものに奪われた。

股間である。

毛が生えていなかった。真っ白いパイパンだ。竜平は生身のそれを初めて見たが、異様なほどエロティックだった。肌が白いので清潔感がある。つるりとした恥丘から上端が見えている割れ目に向かって、まるで熟練の職人が練りこんだ繊細な和菓子のように、白からピンクへのグラデーションができている。

しかし、剝きだしのアーモンドピンクの花びらは漏れだした蜜によって卑猥な光沢を帯び、いかにも快楽のための性愛器官というたたずまいだった。女の股間に陰毛が必要な理由がよくわかった。たとえそこだけ獣じみて見えても、毛が生えていないと、秘めやかな慎ましさがまったく感じられない。よくも悪くも欲望をあからさまにして、男をたじろがせる。

「そんなに見ないでください……」

万里華はいまにもしゃくりあげそうな声で言った。どうせ嘘泣きだろうと、竜平は内心で吐き捨てた。彼女は嘘つきだった。眼をキラキラさせてつくり話の夢を語り、そしていま、見ないでと言いながら見られることに興奮している。

まだ指一本触れていないのに、剝きだしの花から漂ってくる発情の匂いは強まっていくばかりだった。アーモンドピンクの花びらをめくってやれば、たっぷりと蜜があふれてくるに違いない。

竜平は再び羽根を手にした。

まずは太腿の内側から、さわさわとくすぐってやる。万里華が身をよじる。黒いエナメルにくびりだされた乳房を揺らし、尖った乳首を突きだすように背中を反らせる。マジックベルトの拘束は一見すると頼りなく思えるけれど、効力はしっかりしていた。敏感な内腿をくすぐりまわされても、万里華はひっくり返った蛙のような格好のまま身悶えるばかりだ。

くすぐるほどに、彼女の口からこぼれるのは、低いうめき声から、媚びを含んだあえぎ声へと変わっていった。SMの経験はないと言っていたのに、順応性のある女だった。もしかすると本当にマゾの素質があるのかもしれないと思いながら、竜平は羽根を股間に近づけていった。肝心な部分は刺激しないまま、太腿の付け根をくすぐり、陰毛のないつるりとした恥丘を撫でてやる。

順応性というなら、竜平自身もそうだった。あれほどおぞましいと思っていたSMなのに、こんなにも没頭していることに我ながら驚いてしまう。手足を拘束された女が、不自由な体をしきりによじり、つらそうに身悶えている姿に見飽きることがない。アヌスを羽根でくすぐってやれば、ビクンッ、ビクンッ、とベッドの上で跳ねあがる。屈辱的なことをされているはずなのに、発情の匂いをますます強め、まだ触れてもいない花びらの合わせ目をねっとりと濡れ光らせていく。

触りたかった。指腹で合わせ目をなぞり、ヌメり具合を確かめたかった。いっそむしゃぶりついて舐めまわしてやりたいくらいだったが、竜平は彼女の性感帯に直接触れることをみずからに禁じていた。触れればSMではなく、普通のセックスに堕落してしまう気がしたからである。

直接触れなくても、ヌメり具合を確かめる方法はあった。「ソフトSM七点セット」以外にも、竜平はヴァイブや電マをフロントから取り寄せていた。どちらもレンタルではなく、新品を安くない価格で購入した。使わない手はない。まずはヴァイブを箱から出し、電池を入れた。全長二十センチほどで、色はサーモンピンクだった。綿貫が使っていたものより小ぶりだが、それでもいきり勃つペニスを模した造形には雄々しい迫力があり、とくにカリの高さには眼を見張る。

亀頭の形をした先端で、花びらの合わせ目をなぞった。予想以上にヌルヌルとよくすべる。万里華はヴァイブを箱から出しているあたりから眼を大きく見開いて、こちらを見ていた。いよいよ肝心な部分を責められる期待と不安に息をつめ、先端が合わせ目に触れた瞬間、甲高い悲鳴を放った。

竜平は何度か合わせ目をなぞってから、花びらをめくっていった。万里華のそれは大ぶりで肉厚、そのくせ縮れが少なく左右対称になっているから、簡単にめくれると思っていた。考えが甘かった。なかなかめくれず、奥に隠れているはずの薄桃色の粘膜を見ることができない。それでも、蜜だけは漏らす。ツンと鼻につく若牝の匂いを振りまきながら、淫らなまでにあふれさせる。

焦れた竜平は、先端を割れ目に埋めようとした。花びらをめくれないなら、巻きこんでしまえばいい。

ぐっと押した。万里華がうめき、腰を反らせる。閉じることのできない太腿をぶるぶると震わせる。ふくよかな体型なので太腿もボリューミーで、震えている姿はなかなかにいやらしい。

亀頭を模した部分を使って浅瀬をねちっこく穿っていくと、くちゃくちゃと音がたちはじめた。ヴァイブを通じても、奥で大量の蜜を分泌しているのがわかった。すべりもよくなってきたので、さらに埋めこんでいく。抜き差ししてみると、高いカリが引っかかってアーモンドピンクの花びらがめくれた。ヴァイブを埋めているので、残念ながら薄桃色の粘膜はまだ見えない。しかし、濡れた花びらがヴァイブに吸いついてくる光景は身震いを誘うほどいやらしく、どうしても結合感を想像してしまう。模造品ではなく、自分のペニスを出し入れしたときの感覚を……。

万里華は荒々しく息をはずませ、絶え間なく身をよじりつづけていた。ヴァイブを抜き差しするリズムに合わせて、太めの腰がくねっている。深く埋めこんでいくほどに、放つ悲鳴のオクターブがあがっていく。

竜平は抜くときはできるだけゆっくり、高いカリで内側のひだを逆撫でしてやった。そして入れ直すときは、素早く突く。すでに全長の半分以上が入っている。ゆっくりと抜いて、素早く突く。ぐりぐりと動かしては、さらに奥まで埋めこんでいく。先端で子宮を叩くイメージで、ずんずんっ、ずんずんっ、と連打を放つ。

万里華が手放しでよがりはじめた。肉づきのいいボディをこわばらせては痙攣させ、呼吸をどこまでも切迫させていった。このまま絶頂に導ける手応えがあった。若い万里華は、貴子ほど大人のオモチャに対する抵抗感がないようだった。感じてしまえば、生身も模造品も変わらないと思っているのかもしれない。

しかし、まだイカせるわけにはいかなかった。竜平は急いで電マを箱から取りだし、コードを電源につないだ。スイッチを入れると、ブーンと重低音をたてて唸りだした。万里華の中に入れっぱなしにしてあったヴァイブを右手でつかみ、抜き差しを再開する。電マは左手で持った。ヘッドをあてがうのはもちろん、女の体の中でいちばん敏感な肉の芽だ。

万里華が眼を見開いて叫び声をあげた。耳をつんざくような悲鳴だった。拘束されていなければどこかに飛んでいきそうなくらい、ジタバタと暴れた。ブリッジするように背中を弓なりに反らし、頭のてっぺんをシーツにこすりつけた。

竜平は圧倒されながらも闘志を燃やした。膣奥とクリトリスを同時に刺激されたときの快感は想像もつかなかったが、どこまで乱れていくのか好奇心を揺さぶられた。鏡を見ればきっと、眼を異様にギラつかせた自分と対面できただろう。女を愛撫して、これほど興奮したのは初めてかもしれない。不思議と言えば不思議だった。好きでもなんでもない相手なのに……。

むしろ、好きでもなんでもないから興奮しているのかもしれなかった。黒いエナメルのボンデージに乳房をくびりだされ、両脚を閉じられないようにM字に拘束されてよがる万里華は、ちょっと気の毒になるくらい滑稽だった。好きな女にこんな仕打ちができるわけがなかった。なのに興奮している。もっと恥をさらして身悶えろと、胸底で呪文のように唱えてしまう。

眉根を寄せてあえぎにあえぎ、時折、悲鳴と一緒に口から涎まで垂らしている万里華は、みじめな肉人形そのものだった。赤っ恥をかかされているのに、肉の悦びを求めてやまない。拘束された不自由な体をよじっているのは、羞じらいのためではなかった。とっくの昔に、刺激を求める動きに変わっている。イキたくてイキたくてしかたがないという、心の叫びが聞こえてきそうだ。

こういうとき、綿貫ならどうするのだろう？　このまま絶頂に導き、その後も続けて何度もイカせるのか？　女が「やめて」と泣き叫ぶまで……いや、叫んでもなお責めつづけ、快楽地獄でのたうちまわらせるのか。

あるいは焦らすのか？　欲望に屈した女が卑猥な言葉でオルガスムスをねだるまで、決してイカせず生殺し地獄でプライドを打ち砕くのか？

それになんの意味がある？　と竜平は思ってしまった。

万里華はマゾっ気がありそうだから、どちらで責めても最終的には満足するだろう。焦らしても、最後にはイカせてやれば……。

だが、それではサディストの愉悦はいったいどこにあるのだろう？　女に恥をかかせるのはたしかに興奮するし、快楽で支配するのは悪い気分ではない。だが、それだけだ。いくら道具立てに凝ったところで、ノーマルなセックスを超えるほどのなにかを感じることができない。

貴子のことを思いだした。竜平は、彼女と初めてベッドインしたときの感動をいまも忘れることができないでいる。

当時二十五歳で、それほど給料をもらっていたわけでもないのに、六本木にある外資系の高層ホテルにエスコートした。気位の高い貴子を淫臭漂うラブホテルに誘ったりしたら、激怒されるかもしれないと思ったからだ。

「無理してこんなにいいホテルとることなかったのに……」

輝くばかりの夜景を見下ろしながら貴子は言ったが、その表情は満足そうだった。貴子にしても当時二十四歳と若く、一泊十万円近くするホテルに泊まったことなどなかったらしい。

「竜平さんって、あんがい見栄っ張りなのね」

「男が見栄を張りたくなるような女は、いい女なんじゃない？」

「知ってる？　わたしちやほやされると、とことん調子に乗るタイプよ」

窓辺に立ったまま、長い口づけを交わした。舌と舌とをからめあいながら、ワンピース越しに貴子の体をまさぐった。それだけで竜平は、気が遠くなりそうなほどの高揚感を覚えた。貴子の舌はつるつるとなめらかで、いくらしゃぶっていてもしゃぶり飽きなかった。小柄なのにメリハリのあるボディラインは、手のひらで撫でていると頭の中に裸身のイメージが生々しく浮かびあがってきて、痛いくらいに勃起した。

自分が性的に淡泊だとわかったのは三年の交際期間を経て結婚してからで、最初のときは我を失いそうなくらい興奮していた。

貴子にしてもそうだった。最初の夜への期待と不安を隠さなかったし、ハイブランドホテルにエスコートされて舞いあがってもいた。

みずからワンピースを脱いで下着を見せてくれた。光沢のあるモスグリーンのランジェリーで、縁が黒いレースで飾られていた。フランス人形が着ているドレスのようだと思ったことをよく覚えている。

裸は見せてくれなかったけれど、部屋を真っ暗にしてベッドに入ると、もぐりこんだ布団の中で抱きついてきた。ブラジャーを取って生身の乳房を押しつけてくる、大胆な抱擁だった。自分からキスもしてきた。乳首をつまむとビクッとしたが、声はこらえていた。股間を入念にいじってやれば、指が泳ぐほど大量に濡らして、それを指摘すると頬をふくらませて怒った。

すべての反応が好ましく、竜平は夢の中にいるような気分だった。普段は強気な彼女が羞じらったり感じたりするとドキドキしたし、ベッドの中でまで強気な彼女と対面できればそれはそれで微笑ましかった。

お返しに、できるだけ気持ちをこめて愛撫するよう心掛けた。頭の先から爪先まで、いや、それこそ髪の毛一本一本まで慈しみ、愛でたかった。やがて貴子は激しく息をはずませ、声もこらえきれなくなっていった。頬に頬を寄せると、熱でもあるかのように熱かった。

そしてひとつになった。

ごくノーマルな正常位だったが、他の女とは経験したことがないほどの一体感を覚え、竜平の頭の中は真っ白になった。

貴子のしがみついてくる力が強かったせいだ。素肌と素肌をそれ以上密着できないところまで密着させ、竜平が送りこむ律動を受けとめてくれた。やがて快楽の海に溺れていくと、竜平が突きあげるたびに「好き、好き」と繰り返し言った。竜平は胸が熱くなり、目頭まで熱くなりそうだった。

実際、射精を遂げたあと、瞼の裏に熱い涙があふれてきた。欲望を爆発させた歓喜と、好きな女と結ばれた幸福感が同時に押し寄せてきて、感極まってしまった。部屋が真っ暗で本当に助かった。涙を流していることを隠して、貴子を抱きしめた。

生涯最高のセックスだった。

結婚式やハネムーンを棚上げにしているせいもあり、それがいまのところいちばんの愛の儀式として記憶されている。

五年前のことだった。五年が長いか短いか、それからいままでいろいろあった。入籍し、一緒に住みはじめ、竜平は会社を辞めて貴子をマネージメントする会社を興した。二人三脚で進めている仕事は順調で、大成功を収めたとまでは言えないにしろ、いつかそうなるだろうと信じるに足る評価は得ている。

なのに、この有様はいったいなんだろう？

貴子のいる東京から三百キロも離れた地方都市で、いま竜平の目の前には、黒いエナメルのボンデージとマジックベルトで拘束された女子大生がいる。M字開脚でパイパンの股間をさらし、竜平はヴァイブと電マでそこを責めたてている。

なにをやっているのだろうか？

自分のおぞましい振る舞いに、吐き気がこみあげてきそうだった。

変態性欲者を差別するつもりはない。人に迷惑さえかけなければ、誰がどんな性癖をもとうが自由である。

だが……。

これは自分の性癖とは程遠い、まやかしの戯れ事だった。竜平が理想とするセックスとは、三百キロどころか、もっと離れている。万里華の反応がいいので興奮してしまったのも事実だが、やはり違う。なにが楽しくてサディストがこんなことをしているのか、やればやるほどわからなくなっていく……。

# 第四章　本当のことを教えてあげる

## 1

浮気こそ夫婦円満の秘訣、とうそぶく年上の知人がいる。

彼によれば、浮気をすることで妻にやさしくなれるらしい。ひとつ屋根の下で暮らしていれば、恋人時代には気にもとめなかった些細な事柄で苛々したり、口論になったりすることがあるものだ。しかし、夫の側に浮気の罪悪感があれば、たいていのことは笑って許せるというのが彼の主張だ。

「アンガーマネージメントだな、言ってみれば。嫁がママ友とホテルでランチしてきたなんて話を聞くと、普通ならイラッとするよね。こっちの昼飯は割引クーポン使って牛丼だぞ、なんてさ。でも、浮気していれば大丈夫。むしろ人生を楽しんでくれと思っちゃうよ。こっちはこっちで楽しむからって……」

浮気の効用はそれだけに留まらず、夫婦の営みの回数が増え、いままでより情熱的に愛しあえるらしい。

「とくに浮気をして帰ってきた夜な。これは燃えるよ。浮気相手と反応の違いを楽しんだりしてさ。男が燃えれば女も燃えるのがセックスだろ？　浮気によるウィン・ウィンの関係が完成するわけだ」

なんて哀しい男なのだろう、と竜平は話を聞きながら内心で深い溜息をついた。ひとまわり年上の彼は、結婚して十年以上が経っているから、倦怠期というやつなのかもしれない。子供がいるので、離婚だって簡単にはできない。それにしても、浮気をしなければ維持できない夫婦関係に、どんな意味があるのだろうと思ってしまう。

自分ならたぶん、浮気をしたくなった時点で別れることを考える。もちろん、浮気なんてするはずがないという確固たる自信が、その考えの裏付けになっている。あらゆる意味で、貴子は自分にとって最高のパートナーであり、彼女のいない人生なんて考えられない。他の女に眼が行くはずがないのである。

だが、そんな竜平も浮気をしてしまった。

正確には浮気ではない、と思っているが……。

言い分や言い訳はたくさんある。

最初に夫婦生活を拒み、ＳＭに走ったのは貴子のほうなのである。いわゆる浮気という状況にしたくなくて、彼女はプレイの現場に竜平の同行を求めた。表面的にはいちおう、夫公認、という体裁だった。セックスどころかキスもしていないのだから、浮気ではないと彼女は言う。

ならば――と竜平も同じことをしただけだった。

貴子の眼の届かないところでというのが唯一後ろめたい点だったが、こちらにはＳＭを理解したいという大義名分があった。綿貫が妻にしていたことを真似してみた。性感帯に直接触れないようにしたし、性器の接触だってしなかった。万里華は抱かれたがっていたが、断固拒否した。貴子に対して申し訳なかったからではない。

「ねえ、先生のオチンチンちょうだい。フェラでもなんでもしますから。貴子さんのオマンコに入れているオチンチン、万里華にも入れて……」

万里華が興奮のあまり我を失い、言葉遣いにも節操がなくなっていくほどに、竜平の興奮は冷めていった。結合をねだってふしだらになっていくばかりの彼女の姿が、妻の醜態と重なったからである。

抱く気になどとてもなれず、ヴァイブと電マを使って「もういい」と泣き叫ぶまでイカせてやった。万里華は六回か七回、肉づきのいいボディを痙攣させて絶頂に達していた。彼女が激しくイケばイクほど、竜平の脳裏には貴子が片脚立ちでイキまくる姿が鮮明に蘇ってきて、気持ちは沈んでいくばかりだった。

だから浮気ではない、と竜平も主張したい。

しかし、たとえ気持ちが通じあうことなく、性器を繋げていなくても、ラブホテルの部屋で女子大生を裸にし、好き放題にもてあそんだことは事実だった。真っ黒でなくても、限りなく黒に近いグレイだろう。

問題は、そんな一夜を過ごして自宅に帰ってきても、貴子にやさしくしてやることができなかったことだ。浮気こそ夫婦円満の秘訣、とはならなかった。むしろ、同じ空気を吸っているだけでつらいという状況に拍車がかかった。

実際にSMプレイを経験したことで、かえって妻との距離が遠くなった気がした。自分は絶対にサディストになることができない――浮気もどきの一夜を過ごして得ることができたのは、そんな絶望的な結論だった。残念ながら、サドとなってマゾの妻とペアになることはできそうにない。

かといって、外で思う存分SMを楽しんでこいと妻に言ってやれるほど、竜平は器が大きい男でもなかった。小さい男だと溜息をつかれても、それが自分なのだから受け入れるしかなかった。

緊縛され、卑語を叫びながら絶頂をねだる貴子は、自分の愛した女とはまるで別人だった。貴子は変わってしまったのだ。関係を修復し、元の夫婦――セックスレス気味だけれど、仲のいいふたり――に戻ることなど不可能に思えた。

「そんなに避けなくてもいいんじゃない？」

貴子が溜息まじりに言ってきた。

「竜ちゃん、もうわたしと一緒にごはん食べたくない？　つくり置きしてもらってることには感謝してるけど、前はもっと一緒に食べてたよね？　朝昼晩、三食一緒なのも珍しくなかったのに……哀しくなってくるんですけど」

「しようがないじゃないか、こっちはクライアントとの打ち合わせでバタバタしてるんだから」

嘘だった。同じ空気を吸っているだけでもつらいのに、顔をつきあわせて食事をするなんて無理に決まっている。仙台から帰ってきて以来、ただの一度も同じテーブルに座っていない。

「竜ちゃんって、ホント……嘘つくの下手ね……」

口惜しげに唇を嚙みしめる貴子に、竜平は一瞬、欲情した。こんな状況にもかかわらず、勃起しそうになってしまった。

哀しみに打ちひしがれてなお、貴子は美しかった。出会ったころと同じように……いや、いまのほうがずっと女らしい色香を放ち、男の本能を揺さぶられる。いくら仕事が忙しかったとはいえ、どうしてセックスレス気味になっていたのか、自分で自分がわからなくなってくる。これほどいい女とひとつ屋根の下で暮らしていて、なぜセックスをしなかったのか……。

だが、セックスレスにあぐらをかいているうちに、状況はガラリと変わってしまった。彼女はマゾヒストの愉悦に目覚め、竜平はサディストにはなれないことを思い知らされた。こんなにも欲情しているのに、二本の線は決してまじわることがない。

もはや潮時なのかもしれなかった。

この苦しみから解放されるために、残された方法はひとつしかない。自分だけがもがき苦しみ、傷ついているわけではないのだ。貴子にだって、これ以上哀しい思いをさせたくない。

別れるしかないようだった。仕事上のパートナーシップをどうするかはじっくり話しあうしかないが、男と女としてはピリオドを打つべきなのだ。

性癖の不一致で離婚するなんて、他人が聞けば呆れるだろう。しかし、夫婦のことは夫婦にしかわからない。ＳＭが致命傷となり離婚――やりきれないほど馬鹿馬鹿しい話だけれど、それが自分たちの嘘偽りない現実なのである。

仙台から帰って一週間後、竜平はひとり、最寄りの区役所に足を運んだ。離婚届をもらうためだ。

かなり勇気を振り絞ってやってきたのだが、紙をもらうだけなので一分で用事は済んだ。やけに薄っぺらい紙だった。ただ、これほど重い紙を手にしたのは生まれて初めてだった。もらって鞄に入れただけでどっと疲れてしまい、区役所に隣接している公園のベンチに腰をおろした。

「クライアントとの打ち合わせか……」

貴子に放った自分の言葉を思いだすと、魂までも抜けだしていきそうな深い溜息がもれた。本当のところ、打ち合わせの予定はすべてキャンセルしていた。貴子との関係をはっきりさせなくては、仕事など手につかなかった。こんな精神状態で打ち合わせに臨んだところで、成果などあがるわけがない。

昼下がりの公園はにぎわっていた。砂場で遊ぶ子供たち、その近くで立ち話に興じているママたち、仕事をサボって昼寝を決めこんでいる中年サラリーマン、ゲートボールをやっているお年寄りの姿もある。

なんだか人生の縮図を見ているようだった。誰にだって母親が眼を離せない元気な子供時代があり、親になれば逆に子供の成長に眼を細め、やがてくたびれた大人になって、老境に至る。

若いカップルが、木陰で身を寄せあってひそひそと話をしていた。これから婚姻届でも出しにいくのかもしれなかった。竜平と貴子も、婚姻届を出す前、この公園に立ち寄った。竜平はまっすぐ区役所に入ろうとしたのだが、貴子が「ちょっと待って」とここまで引っぱってきたのだ。

「竜ちゃん、なんでそんなに涼しい顔してるの？　わたしたちこれから、婚姻届出すんだよ。結婚するのよ、ケ・ッ・コ・ン。一生のことが決まるっていうのに、どうしてそんなに余裕でいられるわけ？」

「べつに余裕ってわけでもないけど……」

竜平は苦笑して、ベンチに腰をおろした。貴子が自動販売機で缶コーヒーを買ってきて、一緒に飲んだ。桜の季節だった。風に舞い散るピンク色の花びらを眺めながら、貴子がひどく思いつめた顔をしていたので、まだ結婚する覚悟が決まっていないのかと心配になった。マリッジ・ブルーというやつかもしれない。急いで婚姻届を出す必要もなかったので、竜平は出直すことを提案しようとした。たしかに一生のことなのだから、納得いくまで考えて結論を出したほうがいい。

「本当に感謝してます」

横顔を向けたまま、貴子が言った。

「わたし、このご恩は一生忘れないから……本当だよ」

どうやら、結婚する覚悟が決まっていないわけではなかったらしい。そうではなく、結婚に際して竜平が婿養子に入ることを気にしていたのだ。貴子はひとり娘なので、できれば両親と養子縁組してほしいと言われた。竜平は次男だったので、ふたつ返事で快諾した。彼女の実家で暮らすわけではなかったし、苗字が変わることにも抵抗はなかった。彼女は学生時代から「緒方貴子」としてアーティスト活動をしていたので、ちょうどよかったと思ったくらいである。

「こっちだって、このご恩は一生忘れないさ」

竜平は立ちあがって貴子に手を差しのべた。

「貴ちゃんみたいな才色兼備の別嬪さんと結婚できるなんて、夢でも見てるみたいだ。幸せだよ」

貴子は息を呑んで瞳を潤ませた。視線と視線がぶつかりあい、まわりの声が聞こえなくな

った。抱擁したほうがいいのだろうか、と竜平が迷っていると、

「……竜ちゃん、いま泣かせようとしたでしょ？」

貴子が上目遣いで睨んできた。

「その手には乗らない。結婚はゴールじゃなくてスタートですからね。泣いたりしたら、エンドマークが出てきそうでなんかいや」

「なんだよ、せっかく格好よく決めたのに」

眼を見合わせて笑った。手を繋ぎ、肩をぶつけあいながら、区役所に向かって歩いた。なんの変哲もないアスファルトの道が、光り輝く未来への道に思えた。

「……ふうっ」

天を仰いで太い息を吐きだす。思いだせば涙が出てきそうで、やりきれない気分になる。

あれから二年、自分たちはあのときに見た未来への道を、たしかに歩んでいたはずだった。貴子と手を繋ぎ、一歩一歩前に進んでいる実感があった。なのに、どうしてこんなことになってしまったのだろう？　人生は山あり谷あり、いいときもあれば悪いときもある。そんなことくらいわかっていたが、まさかＳＭで光り輝く未来が暗転するとは夢にも思っていなかった。

2

スマホが電話の着信音を鳴らした。

液晶画面に並んでいたのは十一桁の数字だった。つまり、アドレスに入っていない相手である。

「もしもし……」

緊張しながら電話に出ると、

「お花屋さんかしら？」

鈴を鳴らすような女の声が返ってきた。

「お花を注文したいの。綺麗で豪華でエレガントなアレンジメントフラワー」

「えっ、あっ、いや……」

あまりに唐突な話だったので、竜平はしどろもどろになった。名乗りもしないので、相手が誰であるかもわからない。

「わたし赤坂でね、会員制のラウンジをやっているんです。そこに飾るお花を生けていただきたいのよ、緒方貴子先生に」

「すいません、申し訳ないんですが……」

竜平は気を取り直して言った。

「お店からのご注文は、いまは受けつけていないんですよ」

水商売との付き合いを大切にしているフラワーアーティストは少なくない。キャバクラ、ラウンジバー、ホストクラブ――そういうところは予算も潤沢だし、気に入ってもらえば定期的に依頼が入ってくる。

貴子もかつては銀座のクラブなどで花を生けていた。実入りはよかったようだが、竜平がマネージメントを担当するようになって、やめさせた。飲食店より企業をクライアントにしたかった。陽のあたる道を歩くべき彼女に、夜の匂いが染みついてしまうのが嫌だった。

「そうおっしゃらないで、ご検討いただけないかしら」

女は引き下がらなかった。

「わたし、綿貫さんの紹介で電話してるんですから」

竜平は返す言葉を失った。なんとも言えない嫌な感じが、足元からわきあがってきた。なぜここで、あの男の名前が出てくるのだ……。

「ご存じでしょう？　綿貫京太郎さん」

「ええ……まあ……」

「だったらさっさと花を持ってくりゃいいんだよ！」

女が突然態度を豹変させ、ギャハハと笑ったので、竜平の心臓は跳ねあがった。豹変した女の笑い声には、神経を逆撫でするような破壊力があった。目の前の長閑《のどか》な公園の景色が一瞬、地獄絵図のように見えた気がした。

「でもまあ、そんなに突然お花は用意できないですよね。仕入れとかもあるでしょうし。とりあえず、ふたりきりで打ち合わせをしません？」

女の声は元に戻ったが、竜平はショック状態から抜けだせなかった。こんな訳のわからない電話、切ってしまえばよかったのかもしれない。なぜそうすることができなかったのか、自分でもよくわからない。

おそらく……。

意識のどこかで、こう思っていたのだ。綿貫がなにか仕掛けてきたのなら、その目的を確認しなければならないと。最初に家に訪問したとき電話番号を交換していたが、あの男が軽々しくそれを人に伝えるような人物とは思えない。

きっと花ではない別の目的があるのだ。

それがなんなのか、想像もつかなかったが……。

女がいまからでも打ち合わせをしたいと言うので、竜平は了解して電話を切った。

女は沙月《さつき》と名乗った。

店で待っていると言った。

赤坂にあるという店の名前は〈カサブランカ・ムーン〉。

しかし、いくらネットで検索しても、そんな名前のラウンジは見つからなかった。教わった住所にあったのは、路地裏の古い雑居ビルだった。壁にびっしりと蔦がからまり、何十年も雨風にさらされてきたらしき袖看板には、バーやスナックの店名が並んでいた。

まだ午後二時過ぎなので、どの店も営業していないようだった。ひっそりとした静寂の中に建つ古いビルは、まるで昭和の時代から取り残され、時間がとまっているようなたたずまいだった。

袖看板に〈カサブランカ・ムーン〉の文字はなかった。地下にあるらしいので、階段を探した。なかなか見つからなかったが、〈Casablanca Moon〉というプレートがついたドアを発見した。眼を凝らさなければ読めないくらい文字が小さいことにも閉口させられたが、ドアが銀色に輝くステンレス製で、古いビルの中で異様な存在感を放っていた。しかも、顔認証の機械がついている。会員制のラウンジとはいえ、ここまでセキュリティを万全にするとは……。

沙月に電話をすると、ドアのロックが解除された。地下に続く狭い急階段は、両側の壁が煉瓦でできていた。蠟燭の灯りだけなので暗かった。青錆の浮かんだアンティークの燭台、オレンジ色に揺れる小さな炎――既視感があった。綿貫のプライヴェート・ダンジョンとまるで同じ造りだった。

重厚な木製の扉の向こうにひろがる空間も、あの地下室を彷彿とさせた。天井が低く、どこまで奥行きがあるのかよくわからない薄暗い穴倉。ただ、ソファセットがあちこちに置かれ、十人は座れそうなカウンターもあったから、酒を出す店であることは間違いなさそうだった。

待っていたのは沙月ひとりだけだった。綿貫の姿はなかった。真っ昼間なので当然客もいない。

「急な呼びだしに飛んできてくれるなんて、なかなか優秀ね」

沙月は馴れなれしいタメ口で言った。彼女が竜平のすぐ側に立っていたのは、扉を開けてくれたからだ。男の竜平が見上げるほど、背の高い女だった。ハイヒールを履いているとはいえ、百八十センチ以上あるのではないだろうか。

眼の覚めるような深紅のドレスを着ていた。背は高くても大胆に露出された肩の幅は狭く、驚くほど顔が小さい。彫刻刀で削りだしたような眼鼻立ちは怖いくらいに端整で、肌は抜けるように白かった。髪型はほとんど坊主に近い金髪のベリィショート。頭の形がいいせいだろうか、そんな髪型が似合っている日本人を初めて見た。

「どうぞ。一杯ご馳走するから掛けてちょうだい」

沙月はドレスの裾を翻して、カウンターの中に入っていった。全身が棒のように細く、腰の位置が異様に高い。それもまた、ハイヒールのせいだけではなさそうだった。

竜平はカウンター席に腰をおろした。綿貫の地下室にあったのはスツールだったが、そこはひとり掛けのゆったりしたソファだった。

ダウンライトに照らされているカウンターの上に、沙月がトールグラスとリキュールの瓶を並べていく。カクテルをつくるつもりらしい。アルコールは遠慮したかったが、断るタイミングを逸してしまった。

「ずいぶんとお綺麗ですね。白人とのハーフですか？」

「残念。よく訊かれるけど、ピュアなジャパニーズよ」

シェイカーに酒を注ぎながら沙月は答えた。血筋だけではなく、年齢もよくわからなかった。二十代前半から三十代後半のどこかだろうが……。

竜平は、こういうタイプの女と相対するのが初めてではなかった。テレビの制作会社に勤めていたとき、パリコレのモデルと仕事をしたことがある。美しさを体現するためだけに生きているような迫力があり、とても自分と同じ人間とは思えなかった。地球より何倍も美意識が高い惑星からやってきたエイリアン、と言われたほうが腑に落ちる気がした。

沙月にも似たようなものを感じた。舞台の上や映像の中でならともかく、面と向かうとたじろいでしまいそうになる。

「オーガズム」

耳を疑う言葉とともに、沙月がグラスをすべらせてきた。

「カクテルの名前よ。素敵でしょ？」

ククッ、と喉を鳴らして笑った。

竜平は啞然としつつも、グラスを口に運んでひと口飲んだ。喉が渇いていたからだが、性的絶頂を意味する名前をもつそのカクテルは甘ったるかった。生クリームまで入っている。べたついた飲み心地が、渇いた喉をよけいに灼けつかせた。

チェイサーが欲しい、と言いたかったがやめておく。酒を飲みにきたわけではなかったからだ。それでも、足元を見られたくなかった。このままでは、すっかり向こうのペースになってしまう。出されたものはきっちり腹に収めてやろうと一気に飲み干し、挑むような眼で沙月を見た。

「綿貫さんとはどういうご関係なんですか?」

「関係? 関係かあ……」

沙月は悪戯っぽく、くるりと眼を回転させた。

「秘密の関係としか言いようがないわね」

「僕にいったいどんな用事が? 見たところ、このお店に緒方貴子の花は似合いません。用件は他にあるんでしょう?」

「どんな条件でもそれなりに飾ってみせるのが、立派なお花屋さんって気もするけど……まあそうね、あなたの予想はズバリ的中」

沙月が話しながら、手を動かしつづけていた。二杯目のオーガズムが、竜平の前にすべってくる。恨みがましい眼でグラスを見つめてから、それも一気に飲み干した。

「綿貫さんってね、ああ見えてやさしい人なのよ。やさしいうえに、おせっかい。そういうところ、わたし嫌いじゃないいんだな。道端に人が倒れていても、見て見ぬふりで通りすぎる人ばっかりの世の中なんて、砂漠じゃやない?」

竜平は曖昧に首をかしげた。

「わたしが彼に言われたのは、なんだかあなたが苦しんでるみたいだから、相談に乗ってあげてほしいってこと」

「僕が……苦しんでる……」

口の中で反芻した。

「奥さんが突然ＳＭに目覚めてしまって、置いてけぼりにされて苦しんでるって。そう聞いたけど」

「いや、あの……」

竜平は口ごもった。オーガズムなるカクテルのせいで、口の中が粘ついてしようがない。

「たとえそうだとしても、赤の他人に首を突っこんでほしくありませんね」

「あらやだ。道端で倒れた人を助けるのは、いつだって赤の他人よ。家族とか友達が助けにきてくれるのを待ってたら、手遅れになって死んじゃうかもしれないじゃない」

「僕はべつに、道端に倒れているわけじゃない」

三杯目のオーガズムが届いた。飲み干すと、さすがに腹の中に火がついたようになった。甘ったるいだけではなく、アルコールの度数も高そうだ。

「でも、その……後学のためにうかがいますけど、あなたは僕にどんなアドバイスをするつもりでここに呼んだんですか？　まさか嫌なことは酔って忘れちゃえなんて言いませんよね？」

「もちろん」

沙月は口角をもちあげて笑った。

「あなたが苦しんでいるのは、どうしていいかわからなくなってるからでしょう？　要するに、自分の欲望がわからなくなってるのよ。状況がどんなにシリアスでも、まずは自分の欲望としっかり向きあわなくちゃ」

「ナンセンスだ」

竜平は苦笑した。

「自分の欲望くらい、自分がいちばんよくわかってます」

「そうかしら？」

「僕の欲望は、ただ妻と仲良くやっていきたいだけですよ。いままで通りに……でも、妻のほうが変わってしまった。変わってしまった妻を、元に戻すことはできない。彼女は彼女の人生を生きていて、僕には僕の……」

一瞬、呂律《ろれつ》がまわらなくなった。

「そんなの上っ面ね」

沙月が鼻で笑うように言ったので、

「どこがですかっ！」

竜平はカッとして思わず声を荒らげた。

「まあまあ、どうどう、イキらない、イキらない」

沙月が笑いながら四杯目のオーガズムをすべらせてきた。

竜平は飲んだ。いままで通り、一気に飲み干した。アルコールがまわってきていたが、もはや完全に意地になっていた。

沙月はにわかに真顔になって言った。

「自分の欲望と向きあいなさい」

助言であり、命令でもあるような、不思議な言い方だった。口調は静かでも、威厳があった。そもそも見た目が普通ではないので、竜平は異国の宗教家とでも相対している気分になった。

「自分の欲望と向きあうのって、実はとっても怖いことよね。でも、向きあわなくちゃ、上っ面な人生があるだけ。なにが欲しいかわからない人には、なにも得ることができない。当たり前の話よ。得られないどころか、失っていくだけかもしれない。このままだとあなた、本当に奥さんを失っちゃうわよ。大切な奥さんを……」

「だっ、だからっ……どうすればっ……それっ……」

唇が痺れて言葉を発することができなくなり、竜平は焦った。背中に冷や汗が浮かんでくるのを感じた。

「さすがに四杯も一気飲みすると効果が早いわね」

沙月は笑った。その口が、やけに大きく見えた。まるで両脇がざっくりと裂けているように……。

「いまのはただのカクテルじゃないの。オーガズムテイストの沙月スペシャル」

竜平は沙月を睨みつけた。背中の冷や汗がとまらなかった。背中だけではなく、腋や首筋や額にも浮かんでくる。

「いい？　あなたはこれから動けなくなるけど、心配しないでね。手足はおろか、口を閉じることさえできなくなって、涎とかたくさん垂らしちゃっても、きちんと介抱してあげるから」

そんな馬鹿な、と竜平は立ちあがろうとした。下半身に力が入らなかった。続いて、両手が鉛のように重くなり、肘掛けからダランと落ちた。

いったいなにを飲まされたのか、訊ねたくても言葉が出てこない。にわかに息がはずみだし、意識が朦朧としはじめる。視界がぼやけていく。必死に眼を凝らして、沙月を睨もうとする。いったいなにを飲ませたんだ！　と心の中で叫びながら……。

声は出せなくても、心の声は届いたらしい。

「自白剤よ」

霞のかかった視界の中で、沙月は悪魔のように笑っていた。

3

ずいぶんと長く眠っていたような気がする。

そして、長い夢を見ていた。夢というものがたいていそうであるように、内容は覚えていなかった。意識を失う前も体は動かなかったが、眼を覚ましても同じだった。いや、手足に力は入っている。動けないのは枷をされているからだった。革製の手枷足枷で、身動きを封じられている。

竜平はベンチのようなものの上に、あお向けで拘束されていた。両手両足を伸ばされ、X字になるような格好だ。ベンチそのものもX字の形をしており、まるで磔台を横に置いたようである。

そこは〈カサブランカ・ムーン〉の店内ではなく、狭い部屋だった。窓がない、ということは地下なのだろう。視力は蘇っていたが、蠟燭だけが灯された空間は暗く、どんな場所なのか把握することができない。

手足の拘束の他にも、深刻な問題が別にあった。

竜平は全裸にされていた。股間にタオルがかけられているが、下着を着けている感覚はない。戦慄がこみあげてくる。いったいなにが起こっているのかわからず、パニックに陥ってしまいそうだ。

人の気配がした。ハイヒールの足音が近づいてきた。深紅のドレスが暗がりの中で炎のようにゆらりと揺れた。

沙月だった。一瞬別人かもしれないと思ったのは、金髪のベリィショートが長い黒髪に変わっていたからだ。ウィッグだろう。腰まであるストレートの黒髪が、女らしさとオリエンタルなムードを演出している。

「いっ、いったいなんなんだっ！」

竜平は上ずった声をあげた。しゃべりたくてもしゃべれなかったときの記憶がまだ残っていた。それでも、言葉が出たことに安堵する余裕もなかった。

「拘束をはずしてくれ。なぜこんなことをされなきゃならない？」

「あなたの欲望だからでしょ？」

沙月は不思議な表情で言った。眼がトロンとしているのに、据わってもいる。カウンターを挟んで向かいあっていたときは、嘲笑も含めてよく笑っていたはずなのに、笑う気配もない。

沙月は手になにか持っていた。スイッチを入れた。ＩＣレコーダーのようだった。音声が再生される。

——ぼぼぼ僕はひどい人間なんです……つつ妻が辱められている姿を見て、勃起してしまったんです。

竜平は耳を塞ぎたくなった。呂律がまわっていないが、間違いなく自分の声だった。薬で自白を強要されている……。

——痛いくらいに勃起してしまったんです。妻が裸にされて、真っ赤なロープで縛られて、恥ずかしいところを全部丸出しにされているのに……。

——べつにひどくないんじゃない？

今度は沙月の声だ。

——愛する女の恥ずかしい姿を見たいって思うのは、男の本能なのよ。それがなかったら、ノーマルなセックスだってできないでしょう？

——でも……でも……。

——自分でも奥さんを縛ってやりたいと思った？

——おおお思いました……。

——嘘ね。

がしない。

――うう嘘じゃありません。

――わたしはね、綿貫と同じ種類の人間よ。だから匂いでわかる。あなたには同類の匂いがしない。

――女を縛ったことがあるんです。妻ではありませんが……。

――へーえ、興奮した？

――興奮しました。

――どうして嘘ばっかりつくの？

――嘘じゃないです。

――本当のこと言ってあげましょうか？　あなたは女を縛って興奮なんてしていない。興奮したとするなら……縛られているほうに感情移入したからよ。奥さんを縛ってた綿貫に嫉妬したんじゃなくて、縛られている奥さんに嫉妬したのよ。自分も同じ目に遭わせてほしいって……。

竜平の声がしなくなった。かわりに聞こえてきたのは、すすり泣く声だった。竜平が嗚咽をもらしはじめたのだ。

――どっ、どうしてわかったんですか？

――あなたはマゾなの。女をいじめて悦ぶんじゃなくて、いじめられて悦ぶほう。よかったじゃない？　大好きな奥さんと一緒で。

——つっ、妻とっ……貴ちゃんと一緒なんですねっ……僕も貴ちゃんと同じマゾなんですねっ……。

泣き声が激しくなる。泣きじゃくりながら、うなずいているような気配がある。必死になって真実の性癖を肯定するように……。

「どう？　覚えてる？」

沙月がＩＣレコーダーのスイッチを切った。

「自白剤で意識が朦朧としてたから、夢の中の出来事みたいに感じると思うけど、こうやって聞かされると、あんがいリアルに思いだすんじゃない？」

竜平は、自分の顔が燃えるように熱くなっていくのを感じた。この女は、いったいなんなのだろう？　自白剤にはたしか、毒性の成分も入っていたはずだ。カクテルに毒を盛ること自体、とんでもない暴挙だった。挙げ句にこんなふうに拘束して、完全に犯罪行為ではないか。許されることではない。こんなことは絶対に……。

「どうなのよ？」

股間のタオルがとられた。萎えたペニスがさらしものにされ、顔から火が出そうになった。

「素直にならないと、また泣かせるわよ」

沙月はタオルをねじって棒状にし、竜平の口を塞いできた。

「素直になっても泣かせるけどね。それがあなたの欲望なんだから」

竜平は叫んだ。違う、と言いたかった。もちろん、いくら叫んでも言葉はねじられたタオルに遮られ、みじめに潰《つい》える。

沙月の視線が下半身に向くと、体の芯に電流じみたなにかが走り抜けていくのを感じた。体の形が変わりはじめていた。沙月の視線を感じて、萎えていたはずのペニスがむくむくと隆起していく。興奮などしていないはずなのに、みるみるうちに鋼鉄のように硬くなって、恐ろしさに身をこばらせる。

「どうしたの？」

沙月が口を歪めて不敵に笑った。

「本性を出すのは、まだちょっと早いんじゃないかしら？」

竜平はタオルを嚙んでうめく。

「まだなにもしてないのに、見られただけでビンビンじゃないかよう」

沙月がギャハハと笑っても、竜平はうめくことしかできない。

「あなたマゾだから、想像しちゃうのよね。手も足も出ない格好にされて、どんなことされるんだろうって想像しちゃう。想像して興奮する……ねえ、思いだして。奥さんはどんなことされてた？　手も足も出ないようにされて、綿貫になにをされた？　添田っていう縄師もいたんでしょう？　ふたりの男に寄ってたかって、奥さんはどんな恥ずかしい目に遭わされていたの？」

言いながら、沙月は竜平のまわりを歩いた。カツ……カツ……というハイヒールの音が、胸に刺さるようだった。勃起がおさまる気配はなかった。むしろますます硬くなって、釣りあげられたばかりの魚のようにビクビクと跳ねはじめる。

不意に沙月が前屈みになり、唇を耳に近づけてきた。長い黒髪が胸と首筋にかかり、サワッというその刺激だけで、竜平は叫び声をあげそうになった。沙月は耳に熱い吐息を吹きかけながら、芝居がかったひそひそ声で言った。

「オマンコめちゃくちゃにされたんだろ」

息を呑んで眼を見開いた竜平の顔に、沙月は蔑むような視線を浴びせてくる。

「ヴァイブでぐちゃぐちゃ突きまくられて、電マまであてられた？　あれはね、とってもすごいのよ。クリから火が出そうになって、子宮がぐるぐる回転するような気がするんだから……奥さん、すぐにイッちゃったでしょう？　それともイカせてもらえなかった？　あなたはどうされちゃうのかしらね？　手も足も出なくて、口には猿轡《さるぐつわ》までされて、わたしにどんなことされちゃうの？」

竜平は息苦しさに身をよじった。猿轡のせいではなかった。沙月が放つ女の匂いが、刻一刻と濃密になっていくからだった。ドレスを着て、おそらくその下には下着も着けているはずなのに、発情した女が性器から放つ強い匂いがした。蠟燭だけの暗い空間に充満し、むせかえりそうだった。

カウンターを挟んで相対していたときには、これほど女を感じなかった。違いは長い黒髪のウィッグだが、それだけでここまで豹変するはずがない。ならばなぜ、これほどまでに女の匂いを……。

「教えてほしい？　あなたの運命」

顔をのぞきこまれた。竜平の顔は、真っ赤に染まっているはずだった。そうでなければ、これほど熱いはずがない。脂汗を燃料に燃えているようだ。

沙月が再び耳に唇を寄せてくる。熱い吐息を耳底に注ぎこまれ、竜平は身震いした。ひそひそ声で、沙月はささやく。

「奥さんと一緒だよ。あなたにもね、奥さんが見ていた光景、じっくり拝ませてやるからな」

竜平は身震いがとまらなくなった。あきらかに、恐怖に震えていた。自分はマゾではないと叫びたかった。両手両足を拘束されていることが怖くてしかたがない。マゾであるなら、興奮はしても恐怖など覚えないはずだ。

とにかく、これ以上恥をかかされるのは嫌だった。とても耐えられそうにない。日常生活であれば、恥をかくのも悪いことばかりではない。成長の一環となることだって多い。しかし、脳裏に焼きついている妻の醜態は成長などとはまるで無縁で、人間性を一枚一枚剝がされていっただけだ。とんでもない恥をかかされているのに、快楽という餌に釣られ、どこまでも赤っ恥をかきつづけた。

盛りのついた犬畜生と一緒だった。

完全に自分を放棄していた。

ああはなりたくなかった。

快楽は恐ろしい。

貴子ほど気位の高い人間でも、為す術もなく恥にまみれ、それを恥とは認識できないところまで堕とされた。

「さてと……」

沙月が声音をあらためて伸びをした。

「自白剤までは綿貫さんのアイデアだったけど、ここから先はわたしの独断。あなたの欲望に、反応しちゃった。なんかもう、久しぶりに胸がキュンキュンして、どうにかなりそう」

両手を背中にまわした。耳の痛くなるような静寂の中、ファスナーをおろすちりちりという音が聞こえてきた。彼女はドレスを脱ごうとしていた。

「せっかくだから、賭けでもする？　何時間であなたがわたしの奴隷になるか……まあね、二時間もあればわたしのハイヒールを舐めたがってると思うけど……ふふふっ、あなたは堕ちないほうに賭けてごらんなさい。もし勝ったら、わたしのこと好きにしてもいいわよ」

深紅のドレスを脱いだ。抜けるように白い肌に、黒いランジェリーが着けられていた。ワンピース水着のようなオールインワンだ。ストッキングはセパレート式、極薄の黒で、ストラップで吊られていた。

女の匂いがまた強まった。

黒いランジェリーには、同じ色のレースやフリルがふんだんに使われていた。前から見ると黒いワンピース水着に可憐な装飾が施されたようでも、後ろはTバックだった。丸々と実った尻丘がふたつ、ほとんど見えていた。薄闇の中で双子の月のように冴えざえと輝き、漂ってくる色香が尋常ではなかった。

竜平は戦慄だけを覚えていた。高身長を誇るようなモデル立ちになっている沙月を見上げていると、自分が蟻のように小さな存在になってしまったような気がした。

## 4

玄関の扉を開けた。

貴子が走ってやってくるスリッパの音が聞こえた。その顔は青ざめ、瞼が少し腫れている。泣いていたらしい。

「どうしたの、竜ちゃん。何回電話しても出てくれないし……わたし、いなくなっちゃったかと思ったんだよ。どうしようかって、もう……」

結婚して以来、初めての無断外泊だった。時間の感覚が完全に狂っていたが、〈カサブランカ・ムーン〉を訪ねたのが午後二時ごろで、いまは翌日の午後五時過ぎ。丸一日以上を、あの地下の店で過ごしたことになる。

「ねえ、どこにいたの？　どこに泊まったわけ？　わたし、知ってるところみんな電話したんだからね。竜ちゃんの実家にまで……」

竜平は貴子の体を避けて、部屋にあがっていった。貴子がスリッパを鳴らしてついてくる。スリッパの音は、彼女の情緒のバロメーターだ。これほどうるさく鳴らしているのを聞いたことがなかった。怒り、不安、兎にも角にも夫が帰宅したことへの安堵――様々な感情が入り乱れている。

「ねえ、竜ちゃんっ！」

竜平がネクタイをゆるめながらソファに腰をおろすと、貴子は足元に膝をつき、下から顔をのぞきこんできた。

「どこにいたか教えて」

「そんなことより……」

竜平は貴子を見つめ返した。頭の中に霧がかかり、ともすれば眼が焦点を失ってしまいそうだった。それでも必死に眼を凝らして見つめた。愛する妻の顔を……。

「話があるんだ。大事な話」

「……なに？」

別れ話を切りだされると思ったのだろう、貴子の顔が緊張にこわばる。

「心配しなくていいよ。ようやく……ようやく、見つかったんだ。僕たちが生きる道が……ふたりで生きていく道が……」

貴子の顔は、まだひどくこわばったままだった。言葉とは裏腹に、竜平の態度が希望に満ちたものに見えなかったからだろう。

「教えてよ、なんなのよふたりが生きていく道って……」

「僕がね、実はマゾだったら、貴ちゃん、どうする？」

ふたりの間に流れる空気が澱み、

「……なにそれ？」

貴子は憤怒も露わに眉をひそめた。

「意趣返しのつもりかしら？　つまらないこと言わないでほしい」

「そうじゃない。気づいてしまったんだよ。自分がマゾであることに。そしてキミのことを心から愛している……そのふたつを思い知らされた。綿貫の家の地下室で、いままで知らなかった貴ちゃんの本性を見せつけられたとき、正直言ってどうすればいいかわからなかった。僕がサディストになり、綿貫のかわりができれば丸く収まるのか……そんなことさえ考えた。でも僕にはサドの素質はなくて、それどころかマゾだった。貴ちゃんと同じ……マゾだったんだ……」

貴子は呆然としている。

「キミが綿貫に責められているところを見て、僕は興奮していた。最初は、そんな自分が不快でしかたなかった。綿貫に嫉妬しているみたいで……でも違った。僕は貴ちゃんと一体になりたかったんだ。綿貫みたいにキミを辱めたいんじゃなくて、キミが見ていた風景を一緒に見たかったんだ……」

「意味が……わからないよ……竜ちゃん……」

貴子が不安そうにつぶやく。

「わかるさ。意味はすぐにわかる。ただ……今日のところは、ここまでにしてもらえないか。とても疲れているんだ。眠りにつきたい……二、三日眠ったままでも起こさないでくれ。眼が覚めたらまた話そう……」

竜平は立ちあがり、ふらついた足取りで寝室に向かった。


半日前——。

竜平は〈カサブランカ・ムーン〉で、天国と地獄を同時に味わっていた。

革製の手枷足枷によるX字の拘束、ねじったタオルによる口枷、そんなものは序の口に過ぎなかった。あえて言うなら、スタートラインに立たされただけだった。

マッサージ用のオイルだろう、生温かくてトロトロした液体を、竜平は体中にかけられた。首から下のすべてに、時間をかけて丁寧に塗りこめられた。

「奥さんもこんなことされてた？　されてない？　じゃあ今度はしてもらうように言えばいいわよ。とっても気持ちいいでしょう？」

沙月の細い指が、脇腹から太腿、爪先まで這ってくる。足指の間まで、ヌルヌルにされていく。

　時折爪を立ててくすぐられると、竜平は激しく身をよじった。女に体を触られること自体、慣れていなかった。もちろん、セックスのときに抱きつかれることはあるが、こんなふうに一方的に愛撫された経験はない。

　おまけに粘っこい液体と硬い爪の組み合わせが、なんとも言えない快感を運んでくる。そう思いたくはなかったが、たしかにそれは快感だった。恥ずかしいくらい身をよじってしまうのは、くすぐられるほどに体の芯がゾクゾクと震えるからだ。

　まぶしさに眼を細めた。

　沙月が照明を変えたのだ。薄暗いカフェから真昼の街に出たくらい明るくなり、次の瞬間、竜平は叫び声をあげそうになった。

　天井が鏡になっていたからである。全裸でX字に拘束された自分の姿と、相対させられてしまったのだ。

　異様な光景だった。全裸でX字なだけではなく、体中が人工的な光沢を放っている。下半身に黒く毛が生えたところがあり、そこだけが獣じみて見えた。中心でペニスが天狗の鼻のようにそそり勃っているせいもある。ビクッ、ビクッ、と断続的に跳ねて、まるで違う生物が寄生しているようだ。

首から下はオイルにまみれていても、ペニスだけはそうではなかった。指一本触れられていないのに、踏切遮断機のように跳ねているのがたまらなく恥ずかしく、顔から火が出そうになる。

「元気ねえ」

沙月が呆れたように言った。

「こんな状況でおっ勃てちゃうなんて、あなたやっぱり、マゾに決定」

竜平はタオルを嚙みしめながら必死になって首を横に振った。マゾではないと言いたかった。しかし、当の竜平自身も同じ疑問を抱えていた。こんなにもみじめな思いをしているのに、どうして痛いくらいに勃起しているのか？。

「苦しそう……」

沙月が眼を細めてペニスを見る。

「こんなにパンパンになってたら、苦しくてしょうがないでしょう？」

オイルの瓶を傾け、手のひらに取る。両手に馴染ませながらカツカツとハイヒールを鳴らし、竜平の両脚の間に陣取る。

視線が合った。沙月の眼はますます細く凝らされていき、竜平の顔は糊づけされたようにこわばっていくばかりだ。

オイルにまみれた両手でペニスを包みこまれた瞬間、のけぞった。ヌルヌルした手のひらでカリのくびれをこすられると、思考回路がショートした。沙月の両手は、想像を超えた動きをした。十本の細指をひらひらと舞い踊らせ、竿の裏を撫であげたり、裏筋をくすぐってきた。目の前にいるのはたったひとりの女なのに、数人がかりでペニスをいじられているような感じだった。

竜平はタオルを嚙みしめ、悶えに悶えた。声をこらえることなんてとてもできなかった。天井の鏡に映った自分の顔が眼に飛びこんでくる。真っ赤に茹であがった顔を汗で光らせ、首に何本も筋を浮かべていた。救いがたいほどみじめな姿になっていたが、かまっていられなかった。ペニスに刺激を受けはじめてからまだ一分と経っていないのに、射精欲がこみあげてきてしまったからだ。

「なにイキそうになってるの？」

沙月が眉をひそめて両手を離す。竜平は肩で息をしながら、呆然と彼女を見上げた。竜平は決して早漏ではない。こんなにも早いタイミングで射精欲がこみあげてくるなんて、自分でも信じられない。

「また一服盛られたかもしれないって思ってる？」

沙月が鼻で笑うように言った。

「誓ってもいいけど、使ったのは自白剤だけよ。いまの興奮にドーピングはなし。あなたはわたしに興奮してるの。わたしが下着を脱いだところとか、想像しちゃってる？　ヌードにしたらどんなんだろう、なーんて」

こっちこそ誓って言うが——竜平は胸底でつぶやいた。沙月の裸など想像していなかった。そんな余裕がなかったからだ。しかし、言われたことによって、想像せずにはいられなくなった。

ハイヒールを脱いでも、ゆうに身長百七十センチを超えるであろうスレンダーなモデル体型。胸のふくらみは控えめでも、手脚の長いしなやかなスタイルに女らしさは充分備わっている。白人の血が流れているのかと思ったくらい色が白く、一見アンドロイドのような人工美を感じるけれど、セパレート式のストッキングから少しだけはみだした太腿の肉は柔らかそうで、むせかえるほどの女の匂いを漂わせている。

沙月がハイヒールを鳴らした。竜平の両脚の間から、顔の横に移動してきた。耳に唇を近づけ、ひそひそ声で言った。

「わたしのオマンコ、つるつるのパイパンなんだよ」

竜平の脳裏に、パイパンが浮かびあがった。万里華のパイパンが、まだ記憶に新しかったからだ。

「毛のない真っ白い丘の上にね、真っ赤な薔薇のタトゥーをしてるの」

記憶の中にあるパイパンに、真っ赤な薔薇のタトゥーがつけ加えられる。沙月のような非日常的な美女の下半身に施されていると思うと、震えるほどの興奮がこみあげてきた。勃起しすぎた苦しさに、身をよじってしまう。

「絶対に見せてやらねえけどな」

沙月はギャハハと笑いながら、竜平の口枷を取った。タオルに唾液を吸いとられたせいで、口の中がカラカラに乾いていた。すぐには言葉が出そうになく、もどかしさに身震いしている竜平の顔に、沙月はまたがってきた。

竜平が拘束されているのは、X字形の磔台を横にしたようなものだった。あとから知ったことだが、それは綿貫の家の地下室にあったような器具と同じで、SMプレイ用に特注されたものだった。無理なく顔面騎乗位ができるように、足場がきちんと確保されていたのだ。

あお向けになっている竜平からは、沙月のヒップが見えていた。顔の両側を挟むようにして立っていた。沙月の下着はTバックだった。双子の月のような尻の双丘が、ゆっくりと近づいてきた。

なにが起ころうとしているのか、竜平にはわからなかった。理解する間もないまま、ヒップが顔に押しつけられた。驚くほど豊満だった。他のパーツと比べて相対的に大きく見えなかったのだが、考えてみれば身長百七十センチを超えている女の尻である。圧迫感のすごさに眼を白黒させてしまう。

しかも、それに輪をかけて匂いがすさまじかった。ドレスを着ているときから、性器の匂いを強く漂わせているような女だった。薄布に覆われているとはいえ、股間との距離がゼロになった衝撃は尋常ではなかった。

ブルーチーズの発酵臭と魚の内臓が放つ磯臭さが混じりあったような、恐るべき悪臭が襲いかかってきた。嗅ぐのが生理的に不可能なレベルだ。

竜平は息をとめたが、もちろん限界があった。口も鼻も沙月の股間によって塞がれている。命を繋ぐために必死で空気を吸いこめば、匂いも一緒に流れこんでくる。口呼吸で逃れようとしても、沙月が巧みに尻を動かし、口だけを塞いでくる。鼻で呼吸をしろとばかりに……。

「あなた、合格よ」

ヌルヌルの手指が、ペニスに触れた。

「わたしのオマンコの匂いを嗅いでも、カチンカチンのままなんて、ふふっ、なんだか久しぶりに濡れてきちゃいそう……」

ペニスをしたたかにしごきあげられ、竜平は沙月の股間で塞がれた口で叫び声をあげた。

人間には、どんなことにも慣れる能力が備わっているらしかった。

5

考えてみればブルーチーズを愛好する人間は世界中にいるし、くさやを食べる習慣をもつ人だっている。

沙月はあきらかに濡らしていた。股布の表面はナイロンで、大きなシミが浮かんでくるようなことはなかったが、性器を直接包んでいる内側の柔らかい布は、たっぷりと蜜を含んでいそうだった。

つまり、彼女が放つ匂いは強烈になっていくばかりだったわけだが、竜平は鼻で呼吸ができるようになっていた。十分か二十分かそれ以上か、いつまで経っても沙月が顔面騎乗位をやめようとしないので、心身が諦めてしまったようだった。もはやどうあっても、この悪臭を嗅がされる運命からは逃れられないと……。

延々と嗅がされているうち、悪臭を悪臭と感じなくなってきた。鼻が馬鹿になってしまったのではなく、悪臭の向こう側にある生々しい女の匂いを嗅ぎつけてしまった、と言ったほうが正確かもしれない。どんな女性器が放つ性臭もいわゆるいい匂いではないけれど、嗅いでいれば興奮してくる。男の本能を揺さぶるなにかが含まれていて、野性の存在に戻されていく。目の前の女とまぐわいたいという衝動だけが、行動を支配するようになる。

沙月のような女を抱いているのはいったいどういう男なのだろう？　そんなことをぼんやり思った。嗜虐的な性癖をもつ彼女でも、この股布の奥に隠されている部分を直接舐めまわし、ペニスで貫いている男がいるはずだった。

パイパンの股間を……。

真っ赤な薔薇のタトゥーが施された……。

五体の拘束はおろか、大女の巨尻に顔を圧迫され、呼吸すらままならない状態だった。意識が朦朧としていく中、竜平は沙月とひとつになることを夢想していた。それはきっと、普通のやり方ではないだろう。こんなふうに散々いじめられてから、一方的な騎乗位でペニスを咥えこまれるのだ。沙月は長い両脚を誇示するようなM字開脚で、ペニスをしゃぶりあげるように腰を使う。ペニスがヌメヌメした蜜でコーティングされながら、割れ目から出たり入ったりする。パイパンだから、結合部は丸見えだ。その上に、真っ赤な薔薇のタトゥーが見える。沙月が漏らした蜜を浴びて、ペニスは妖しく輝いているかもしれない……。

現実の沙月は、竜平の顔に尻を押しつけながら、断続的にペニスを刺激してきた。ヌルヌルしている手筒をスライドさせたり、十本の指を舞い踊らせてくすぐってきたりした。刺激が長く続くと、射精欲がこみあげてきた。夢想の中で騎乗位で繋がっている沙月の中に、男の精をぶちまけたくてしかたなかった。

「まったくたいしたものね……」

沙月が呆れたように言い、竜平の口から股間を離した。新鮮な空気が急に肺に流れこんでくると、怖いくらいに体が震えだした。尻の圧迫と匂いがあまりにも強烈だったせいだろう、解放感より欠落感を覚え、崖の上で急に手を離されたような、心細い気分になった。

沙月はX字の台から下り、仁王立ちになって竜平を見下ろしてきた。

「わたしの顔面騎乗位でイキそうになった男なんて、数えるほどなんですけど。あなた、とんでもないドMかもね？　それとももものすごく溜まっている？」

沙月の顔を放心状態で見上げながら、後者に違いない、と竜平は思った。考えてみるまでもなく、自分でも驚くほど長い間、射精をしていなかった。妻とはセックスレスで、求めても拒まれ、ひょんなことでラブホテルに入った女子大生とは、大人のオモチャを使って戯れただけだ。

自慰さえしていなかった。バスルームでこっそり精を吐きだそうにも、行為の最中になにを考えてしまうのか想像がついた。真っ赤なロープで縄化粧をされた貴子が、綿貫にイカされている姿に決まっている。そんなものを思い浮かべて自慰に耽ったりしたら、自己嫌悪で立ち直れなくなりそうだった。

「そんなにイキたいの？」

沙月が意味ありげに笑いながら、顔をのぞきこんでくる。

「正直に答えなさい。わたしの顔面騎乗位を悦んでくれたご褒美に、イカせてあげてもいいと思ってるのよ……」

竜平の顔はこれ以上なくこわばっていた。射精がしたくてたまらないのは事実だった。はちきれんばかりの勃起が長い時間続いているので、苦しくてしようがなかった。沙月がその気になって愛撫してくれたら、一分で発射できそうだった。考えただけでペニスはひときわ硬くなり、興奮の身震いがとまらなくなった。

しかし、ここで沙月にイカせられたりしたら、マゾであることが決定してしまうだろう。沙月に決めつけられるだけなら、まだいい。自分自身がそう思ってしまう状況に、耐えられそうにない。

拘束された体をみじめによじり、サディストにイカせてもらうことをねだる——それではまるで貴子と同じだった。あのときの彼女は、人間ではなかった。盛りのついた動物以下の、醜悪きわまりない存在だった。

「拘束を……といてもらえませんか」

ありったけの勇気を振り絞って言った。

「僕はマゾになんかなりたくない。こんなふうに拘束され、体中をいじられたら、誰だって勃起するんじゃないでしょうか。男としての生理的な現象だ。本気で興奮してるわけじゃない……僕は……僕はイキたくなんかないんだっ！」

ギャハハハ、ギャハハハ、と沙月は笑いだした。壊れたオモチャのようなその笑い方に、竜平は戦慄を覚えた。狂気に似たものを感じずにはいられなかった。

「最高！　あなた最高よ！　救いようのない嘘つきってあなたのことね。でも、心配しないで。わたし、嘘つきって嫌いじゃないから。嘘をつかなくちゃ生きていけないねじ曲がった根性は大嫌いよ。でもね、嘘つきからね、偽物の仮面を引っぺがすのが三度の飯より大好物なんだよっ！」

沙月はもう笑っていなかった。切れ長の眼を白刃のように輝かせ、なにかを持ってきた。麻紐のようだった。縄ではない。体を縛るには細すぎる。

「残念だったわねえ。わたし今日とっても気分がいいから、やさしくイカせてあげようと思ったのに……調子に乗ってフェラだってしちゃったかもしれないのに……嘘つきに必要なのは、ご褒美じゃなくて、きつーいお仕置きだものねえ……」

麻紐がペニスの根元に巻きつけられた。

「なっ、なにをするんだっ！」

「あら、イキたくないんでしょう？　だったら、間違っても射精できないようにしてあげようと思って」

麻紐がぐるぐると巻かれていく。根元からカリのくびれまで、皮膚が見えなくなるほどきっちりと縛りあげられてしまう。

竜平は身をよじってうめいた。麻紐のチクチクした感触が不快だった。それ以上に、性器を締めあげられている感覚に脂汗が出てくる。

「可哀相」

沙月がまぶしげに眼を細める。

「この可哀相なオチンチンは、もういくら興奮しても射精できないのよ。出したくても出せないの」

「うわっ……」

突然両脚が持ちあげられたので、竜平は焦った。磔台が動きだしたのだ。膝のところで折れ曲がって、M字開脚にされていく。分娩台に乗った妊婦のように……いや、綿貫のプライヴェート・ダンジョンでの貴子のように……。

「あなたはこう思ってるんじゃない？　射精なんて我慢できるって。我慢できれば、オチンチンを縛られたくらいなんともないって……でも、そうじゃないんだな。男の体にはペニスよりずっと敏感な、射精のスイッチボタンがあるのよ」

沙月が人差し指になにかを装着した。ゴム製のサックのようだった。それにクリームのようなものが塗りたくられた。

「なっ、なにをするんだっ……やめろっ……やめてくれっ……」

尻の穴をまさぐられ、竜平は上ずった声をあげた。ヌルヌルになったゴムサックの指が、排泄器官に入ってくる。ゆっくりと、だが確実に、奥まで……。

竜平はもう、声も出せなかった。男が弱みをつかまれたとき、金玉を握られたなどと表現することがあるが、尻の穴に指を入れられるのは、金玉を握られる以上の窮地ではないだろうか。

沙月は勝ち誇った顔でこちらを見下ろしている。なにをされるかわからない恐怖に、竜平の顔はこわばる。体の内側に悪寒が這いまわっていく。

ぐっ、と尻の中を押しあげられた。指が鉤状に折れ曲がったようだった。心理的には、おぞましさしか感じていなかった。肉体的にはにわかに呼吸ができなくなり、ペニスが跳ねあがった。

ペニスはすでに、これ以上膨張できないところまで膨張しているはずだった。なのに、まだ大きくなろうとしている。見た目にはそう思えないが、巻きつけられた麻紐には意外なほど弾力があり、ペニスの膨張を受けとめてくれる。

ぐっ、ぐっ、ぐっ、と尻の内側を押しあげられる。そのたびにペニスが反応する。麻紐の拘束力に負けじと膨張し、跳ねあがる。芯が熱く疼きだし、我慢汁が噴きこぼれる。この刺激はいったい……。

「前立腺っていうんだよ」

尻の中で指を動かしながら、沙月がささやく。

「男はここを刺激されると、為す術もなくドピュッて出しちゃうの。意志の力じゃどうにもならない……でも、あなたのオチンチンは麻紐でぐるぐる巻き。出したくても出せない。さあ、どうしよう？　どうしたらいい？」

竜平は燃えるように顔を熱くして悶絶していた。首に何本も筋を浮かべて歯を食いしばっていた。

天井の鏡に映った自分の姿はこれ以上なく滑稽で、屈辱しか感じていないのに、たしかに興奮していた。ノーマルなセックスで覚える興奮とはあきらかに違うのだが、そうとしか言いようがなかった。

ぐっ、ぐっ、ぐっ、と前立腺を押しあげられるほどに、全身の細胞がざわめく。射精がしたいといっせいに唱和して、ペニスをどこまでも硬くしていく。麻紐の弾力にも限界があるらしく、やがて、ちぎれてしまいそうなほど痛くなってきた。締めつけられすぎて息ができなかった。それでも膨張することをやめてくれない。

痛みや苦しみの向こう側に、いままで経験したことがないようなとんでもない快感が待ち受けている予感がした。

だが、いくら淫らな予感に打ち震えたところで、ペニスには麻紐が巻きつけられている。射精はできない。

「出したくてしようがないでしょう？」

いつの間にか、沙月の左手に電マが握られていた。

「ドピュッと出したら気持ちがいいに決まってるわよね。でも無理。絶対に出せない。どうしてだと思う？　誰が悪いの？　あなたが嘘をついてイキたくないなんて言ったからよね？」

唸りをあげて振動する電マのヘッドが、ペニスに押しつけられた。反り返った裏側に、ぐりぐりと……。

竜平は叫び声をあげた。喉が裂けるほどの声量で叫び、眼を剝き、鼻の穴も開いて、悶絶した。

快楽の稲妻で五体を貫かれたようだった。痺れるような快感が、電気ショックのように体の内側で暴れまわっていた。体は痺れているのに、前立腺を押しあげてくる指の刺激だけは異様に生々しく、そこに意識が集中していく。為す術もなく刺激に身をまかせてしまう。認めたくはないが、前立腺が性感帯であることを認めざるを得ない。尻の穴をほじられてよがっている自分を、受け入れるしかない。

気がつけば虜になっていた。

涙と涎を流しながら、女のようなよがり声をあげていた。

やがて全身が震えだした。元から震えていたが、震度三が震度七になった感じだった。自分の体を自分で制御できなくなり、次の瞬間、爆発が起こった。いや、爆発はたしかに起こったのだが、爆風は封じこめられていた。ダイナマイトが仕掛けられた穴は、決して壊れない鋼鉄製の扉で塞がれていた。

竜平は唾液を飛ばしながら叫び声をあげた。

眼を見開いていたがなにも見えていなかった。

真っ白になった頭の中で、金と銀の火花が散っていた。

出口を塞がれた爆風の熱量は尋常ではなかった。どれほどの快感も、強すぎれば痛みや苦しみに変わるらしい。竜平はもがきながら必死にそれをこらえた。こらえてもこらえても爆風はいっこうにおさまってくれず、体のあちこちで痙攣は続き、呼吸もできなかった。ようやく息を吸いこむと、「かはっ」とおかしな声がもれた。

「イッたみたいね」

沙月がペニスから電マを離してくれる。尻の中で指を折り曲げるのもやめ、前立腺が刺激から解放された。

「どうなの？　イッたんでしょ？」

竜平の頬を、沙月が電マのヘッドで叩いてくる。竜平は放心状態で、わなわなと全身を震わせていた。沙月になにか言いたくても、荒々しい呼吸がそれを邪魔し、口からはだらしない声がもれるばかりだった。自分の体になにが起こったのか、まったくわからなかった。

「牝イキっていうんだよ」

沙月が得意げにささやく。

「射精をするのが牡イキで、射精をしないから牝イキ。一方的に突きまくられる女の子の気持ちが、ちょっとはわかったんじゃないかしら」

竜平は言葉を返せなかった。爆風がおさまっても、耐えがたい悶絶感は続いていた。射精をしていないせいに違いなかった。燃えるように熱くなった顔が、脂汗にまみれていた。もう責められていないのに、身をよじるのをやめられない。

いまのが女のオルガスムスなら、男の射精とはまるで違うと思った。こんなにも激しく、こんなにも苦しいなんて……。

「でもね」

沙月が口の端だけで淫靡に笑った。

「奥さんの見ていた光景には、まだまだ全然程遠いわねえ……」

竜平は再び泣き叫んだ。沙月がまたもや尻の中で指を折り曲げ、電マのヘッドをペニスに押しつけてきたからだった。

# 第五章　わたしのことは全部忘れて

## 1

これで三度目の来訪だった。

その日、綿貫の家の地下室に集ったのは、主の綿貫以下、竜平、貴子、そして沙月の四人。

沙月と初対面になる貴子は、彼女の顔を見るなり、ひどく緊張した。狼狽《うろた》えていた、と言ったほうが正確かもしれない。

沙月は白地に花柄のフェミニンなカクテルドレスを身にまとっていた。ウィッグも茶髪の内巻カールで、この前よりずっと女らしい。側にいる綿貫がこの場所では珍しいスーツ姿だったから、並んで立っていると国際映画祭でレッドカーペットの上にいる監督と女優のように見える。

才色兼備の貴子も、コンプレックスがないわけではなかった。むしろ人より劣等感が強いほうかもしれない。ささいなことで言えば、白い下着が似合わないというのがある。他にもいろいろあるのだが、背の高い女に弱い。相手が男ならいくら大柄でも強気でいられるのに、同性に遥か上から見下ろされると、おどおどしてしまう。美しく、経済力がある女となればなおさらで、おどおどを通り越してこそこそ逃げだす。そういう女が視界に入っているだけで落ち着かない。

今日の沙月は、見るからに貴子のコンプレックスを刺激するような存在だった。沙月がそうなるように仕向けたのだが、彼女の奸計に竜平もひそかに関わっていた。沙月がいま身につけているカクテルドレスは、五十万円以上するハイブランド品であり、貴子がかねてから欲しがっていたものなのだ。次に大きなパーティに出席するとき買い求めるつもりだと言っていた。

竜平は沙月に詰問され、そのことをしゃべってしまった。沙月は早速買い求め、貴子に見せつけた。海外セレブ御用達のようなドレスだから、背の高いモデル体型の沙月が颯爽と着こなせば、小柄な貴子よりずっとよく似合う。沙月はそのことをわかっているし、貴子もまた同じことを感じているであろう。

顔を合わせた瞬間から、屈辱を与えられたのだ。

「儀式的なことになってしまうが……」

綿貫が口火を切った。

「僕らが今日ここに集まった事情を、まずはご主人から説明してもらいましょうか」

事情など、ここにいる四人全員が把握していた。これからなにが始まるかまで理解している。綿貫が「儀式的」と言ったのは、そういう意味だ。

竜平は眼を泳がせ、やがて伏せた。綿貫、沙月、貴子――誰の顔もまともに見ることができなかった。眼に見えぬ聖職者に告解するように言葉を継いだ。

「いままでは妻が……彼女ひとりがお世話になってましたが……実はその……僕自身も自分の欲望に気づいたんです。僕は心の中で、妻と同じように扱われたいと思っていたんです。自分ではなかなか気づけず、気づいても受け入れるまでが大変でしたが……でも、僕はマゾヒストなんです。マゾヒストのくせに、同じ性癖をもつ妻を、どこかで見下していました……許されないことだと思います。今日は妻に、僕の恥ずかしい本性を知ってもらいたいと思います。どうか……」

沙月の足元に土下座した。

「どうか妻の前で、僕の本性を暴いてください……僕が恥ずかしいマゾであることを、妻に見せつけてやってください……」

床の絨毯に、額をこすりつけた。そうしつつ、横眼で貴子の顔色をうかがった。唖然としていた。彼女はまだ、竜平がマゾであることを本気で信じていなかった。

「出来の悪い挨拶ねえ。マゾならマゾらしく、裸になって土下座したらどう？」

沙月に後頭部をぐりぐりと踏みつけられ、竜平はうめいた。沙月の靴は、銀色のハイヒールだった。それもまた、貴子が憧れているブランドのものだ。

沙月が踏むのをやめると、竜平はすかさず立ちあがって服を脱ぎはじめた。三人からの視線を感じて、顔をあげることができなかった。ブリーフを脚から抜くと現実感が一気になくなった。竜平は勃起していた。自分がどれほど恥知らずな人間になってしまったのか、見当もつかなかった。

全裸で土下座をやり直した。

「わたし、帰りますっ！」

貴子が叫び、去っていく気配がした。

「待ちなさい」

沙月が静かに言った。

「あなたには、彼の本性を見届ける義務があるはずよ」

「僕もそう思う」

今度は綿貫だ。

「キミはご主人の前で、僕の調教を受けた。それがキミの望みだった。ご主人の望みではない。ご主人はキミが縛られてイキまくっている姿なんて、見たくもなかったんじゃないかな」

愛ゆえに――貴子はその場に立ち会ってほしいと竜平に言った。愛ゆえに、竜平もその言葉に応えた。

しかし、それは本当に愛だったのだろうか？　竜平はいま、ふたりの愛が音をたてて崩れていくのを感じていた。ふたりでイメージを出しあい、設計し、一つひとつ大事につくりあげてきた家が、一瞬にして瓦礫の山と化すような……。

少なくとも、そういう結果を覚悟していた。貴子の目の前でマゾの本性を暴かれ、夫婦関係が続くとは思えなかった。普通に考えてあり得ない。それは竜平がいちばんよくわかっている。

考えてみれば……。

最初にこの地下室に訪れたとき、貴子にもその覚悟があったのかもしれなかった。順調な夫婦関係を壊してしまってもかまわないほどの衝動が、彼女の中にあったのだ。それもまた、いまなら理解できる気がする。理解できることが、いいことか悪いことかはわからないけれど……。

沙月に調教を受けたことで、竜平は変わった。綿貫に調教を受けた貴子と同じように、別人になってしまった自覚があった。それまでは貴子以外の女に欲情する自分なんて考えられなかった。彼女の成功が人生の目標だったし、彼女の人生をサポートすることが人生の悦びだった。

ふたりだけのその幸福な円環が、沙月によって破られた。沙月のせいにしたいわけではない。実際には、円環は内側から破られたのだ。沙月という外側からの刺激はあったにせよ、破ったのは竜平自身だった。沙月は触媒にすぎない。彼女に恋したり愛したり欲情しているわけではない。

あの日——。

〈カサブランカ・ムーン〉で、竜平はマゾヒズムに目覚めた。その第一歩となったのが、沙月が「牝イキ」と呼んでいたドライオーガズムである。いままでの価値観が崩壊するほど衝撃的だった。自分の体の中に、これほどの快楽が眠っていたのかと仰天した。

そのプレイには続きがあった。

麻紐で縛りあげられたペニスを電マで嬲られ、アヌスに埋めこまれた指で前立腺を刺激されて、竜平は立てつづけにドライオーガズムに達した。熱い涙を流しながら、何度も何度も恍惚の彼方にゆき果てていった。いくら果てても、普通の情事のあとのような解放感は訪れなかった。

もちろん、射精ができなかったからだ。牝イキの絶頂感は心身が吹き飛ばされるほど強烈だったが、竜平は牝ではなく、牡だった。オルガスムスに達しても男の精を解き放てない苦悶に、やがて耐えられなくなった。「もう許してください」と子供のように泣きじゃくりながら哀願した。

気がつけば、貴子と同じように人間性を奪われていた。

自分を放棄していた。

沙月は許してくれなかった。それはまさに、天国によく似た地獄だった。イッても、イッても、残されるのは射精ができない苦悶だけ。竜平は叫び声をあげ、涙を流し、拘束された体をよじりながら、このまま失神してしまうことだけを願っていた。いっそ死んでしまってもよかった。それ以外に、この苦悶から逃れる道はないように思えた。

「そろそろ限界かな？」

耳に届く沙月の声はどこまでもクールで、皮膚という皮膚が燃えるように熱くなり、汗まみれで悶絶している体に心地よく染みこんだ。

「牝イキじゃなくて、牡イキがしたくなってきたかな？」

その瞬間、竜平は目の前が急に明るくなったような気がした。そういう展開があり得るのか、と思った。牝イキのあまりの激しさに、ペニスに巻きつけられた麻紐がほどかれ、射精に導いてもらえることなんて考えられなくなっていたのだ。

沙月の態度が容赦なかったせいである。彼女の言動からは、男という存在そのものを憎んでいるような節が垣間見えた。最後に射精させてもらえることを期待するより、失神を望むほうがずっとリアルに感じられた。

「しゃっ、射精がしたいですっ！」

勇気を振り絞って叫んだ。

「しゃっ、射精がしたいっ……射精させてくださいっ……僕に射精をっ……おっ、お願いしますっ……」

沙月は黙ったまま、ただニヤニヤと笑っていた。

「射精させてもらえるなら、なんでもしますっ……さっ、沙月さんの言う通りにっ……沙月さんの奴隷になりますっ！」

「奴隷ですって？」

失笑が返ってきた。

「どういう覚悟で、そんなこと言ったのかしら？」

竜平にしても、なぜ奴隷などという物騒な言葉が自分の口から飛びだしたのかわからなかった。たしか、沙月が言っていたのだ。自分なら二時間もあればあなたを奴隷にできる、というようなことを……。

沙月はそんなことは忘れてしまったようで、眉をひそめてこちらを睨んでくる。怒っているようにしか見えない。

「わたしの奴隷になるっていうことは、わたしの命令は絶対なのよ。わたしがおしっこ飲みなさいって言ったら、喜んで飲むのよ」

竜平は首の骨が折れるような勢いでうなずいた。そんなことくらいなんでもないと思っている自分が怖かった。それでも、やはり喜んで飲めそうだった。おしっこを飲まされるということは、沙月の剥きだしの股間だって拝めるのだろう。真っ白いパイパンに真っ赤な薔薇のタトゥーが施された……。

「おっ、おしっこっ！　おしっこ飲みますっ！　飲ませてくださいっ！」

「本当ね？」

「嘘じゃありませんっ！」

沙月は訝しげな顔をしつつも、ペニスを縛った麻紐をほどきはじめた。自分が犬なら、ちぎれるほど尻尾を振っていただろうと思った。麻紐はペニスの根元からカリのくびれまでびっしりと巻かれていて、それが一周ずつほどかれるほどに、気が遠くなりそうになった。すべてがほどかれた解放感は筆舌に尽くしがたく、裸で宇宙に飛びだしたような気分だった。沙月がオイルの小瓶を手にした。深く濃厚なキスをしたときに糸を引く唾液のように、オイルがペニスに垂れてきた。

竜平は悲鳴をあげた。生温かくねっとりしたオイルの感触が、この世のものとは思えないほど心地よかった。

「おっ、おしっこっ！　おしっこ飲ませてくださいっ！」

快感にのたうちまわりながら叫んだ。そんな訳のわからないことを、これほど大声で叫んでいる自分が、人間の屑に思えた。

「やーね、それはもののたとえよ」

沙月の白い手指が、オイルにまみれたペニスに近づいてくる。

「わたしの奴隷になるなら、やってもらいたいことが別にあるの……」

沙月が言葉を切り、顔をのぞきこんでくる。

耐えがたい沈黙が、竜平の顔を限界までひきつらせていった。額から脂汗がしたたってきて、眼に入る。それでも、眼を閉じてしまうことができない。すがるように、沙月を見つめる。自分の呼吸音がやけにうるさく耳に届く。

「あなたの本性を、奥さんに見てもらうこと」

「ほっ、本性？」

「まだとぼけるつもり？　あなたの本性は、これでしょ」

指先が、オイルまみれのペニスにからみついてきた。すさまじい勢いでしごかれた。しごいているのは左手で、右手の人差し指がまた尻の中に入ってきた。左手でしごかれながら、前立腺をぐりぐりと刺激された。

竜平は半狂乱で泣き叫んだ。限界を超えた快楽は、痛みにすら似ていた。そして熱かった。全身が火だるまになっていくような感覚の中、包皮とオイルがこすれる粘っこい肉ずれ音だけがリズミカルに響いていた。

「イッ、イカせてっ！　このままイカせてくださいっ！　出したいっ！　こっ、このまま出したいですううう――っ！」

みじめだったし、情けなかった。しかし、それがおまえの本性だと言われても、竜平に反論することはできなかった。むしろ、自分を放棄する解放感に酔いしれていた。これが貴子の見ていた景色なのかと思った。天井の鏡に映った醜悪きわまりない自分の姿が、連続絶頂で白眼を剝きそうになっていた貴子の姿と重なった。体を重ねているときより生々しく、彼女と一体になっている気がした。

射精に達するまで、おそらく十秒もかからなかっただろう。あとから思い返しても、ほんの一瞬の出来事だった。しごかれはじめた次の瞬間、下半身で爆発が起こった感じだ。今度は爆風に蓋をするものはなにもなかった。沸騰しているのではないかと思えるほど熱い粘液が尿道を猛烈な勢いで駆け抜けていき、宙に飛び散った。すさまじい量の白濁液が、畳みかけるように次々と放たれた。

竜平は汗まみれの全身をくねらせながら、最後の一滴まで漏らしきった。終わった、と思った。からっぽになった感覚が、たしかにあった。

しかし、まだなにも終わっていなかった。のけぞった状態で小刻みに震えている竜平の下半身から、沙月は手を離さなかった。右手の人差し指は前立腺を押しあげつづけ、左手はペニスをしごきつづけた。

「もう終わってますっ！　もう出ませんっ！」

快楽地獄でのたうちまわる竜平を嘲笑うように、沙月はペニスをしごくピッチをあげていった。眼にもとまらぬスピードになった。まるでコマ落としの映像を見ているようだった。前立腺を押しあげる指先にも力がこもった。体の内側でダムが決壊するような感覚が訪れ、竜平は泣き叫んだ。

もうなにも出ないはずのペニスから、大量の体液が飛び散っていた。精液のように粘り気がない、透明な体液だった。男にも潮吹きがあるのだとあとで沙月に教わったが、潮吹きをしている最中は、自分の体になにが起こっているのか考える余裕もなかった。快楽と呼ぶにはあまりにも衝撃的な刺激に翻弄されながらぎゅっと眼をつぶると、瞼の裏側に地獄の門番が見えた気がした。

2

「それで、奥さんはどうするの？」

沙月の冷ややかな声が、天井の低い地下室に響いた。

「いつまでそうやって棒立ちになっているのかしら。ご主人は全裸で土下座しているっていうのに」

貴子が沙月を睨んだ。いや、睨もうとしたのだが、途中でやめた。気圧されてしまったのだ。沙月は貴子に劣等感を抱かせる存在だった。蛇に見込まれた蛙、という言い方があるが、三十センチ近い身長差があるので、本当にそんな感じだった。

それでもまだ貴子が動けないでいると、

「わたし、知ってるんだけどなあ……」

沙月は上背の高さを誇るように胸を張り、ゆっくりと近づいていった。

「あなた、綿貫さんに熱烈メールを何回も送ったでしょう？　またSMプレイがしたいんですうって。ちょっと読ませてもらったけど、読んでるこっちが恥ずかしくなっちゃったわよ。あれほどの至高体験、人生において始めてです、なーんて……」

ギャハハハ、と沙月が笑うと、貴子は真っ赤になって下を向いた。握りしめた小さなふたつの拳を、わなわなと震わせた。

そんなメールを綿貫に送っていたことを、竜平は知らなかった。しかしもう、どうでもいいことだった。メールを送ろうが送るまいが、貴子がSMに魅せられている事実は動かない。少し前なら落胆したり怒り狂ったかもしれないけれど、いまは彼女の気持ちがよくわかる。竜平自身が、SMに魅せられてしまったからだ。沙月の手によって潮吹きに追いこまれたとき、魂を抜きとられた気がした。沙月に、というより、SMに魂を抜きとられたのだ。

「夫と一緒に……されるんですか……」

貴子はうつむいたまま、可哀相なほど震える声で言った。

「それが彼の欲望なのよ」

沙月のハイヒールが、竜平の後頭部を踏んだ。

「夫婦揃って恥をかきたいんですって。わたしちょっと感動しちゃった。奥さん、愛されてるんだなあって」

「僕も面白いと思うけどね」

綿貫が口を挟んだ。

「長くSMに関わってるけど、マゾの夫婦を調教した経験なんてないからなあ。こう見えて、ちょっと昂ぶってるよ」

「ほら、さっさと脱ぎなさい」

沙月が小馬鹿にしたように言う。竜平は後頭部を踏まれているので見ることができないが、貴子はおそらく泣きそうな顔をしていることだろう。

ここにいるのが沙月ではなく添田だったら、貴子にしてもすんなり服を脱いだかもしれない。自分より遥かにスペックが高い——貴子がそう思いこんでいる——女の目の前だから、ためらわずにいられないのだ。

しかし、それでも貴子は服を脱ぐだろう。裸になり、夫婦揃って恥をかくことを選ぶに違いない。彼女もまた、SMに魂を抜きとられているのだから……。

「脱ぐ前にひとつ確認させてもらうよ」

綿貫が声音をあらためて言った。

「今日はNGいっさいなし、ということでいいんだね？」

一瞬、空気が凍りついた。

竜平の知らない話ではなかった。貴子には確認していないが、沙月に言質をとられていた。「NGなんて言ってる間は、SMじゃなくてSMごっこよ」と迫られたら、抵抗できなかった。そもそも奴隷になった男に、あれこれと条件なんてつけられるわけがなかった。

一方の貴子も、綿貫に伝えているはずだった。次のプレイはNGなしでかまいません——何度も熱烈メールを送っているくらいなのだから、覚悟が決まっていないはずがない。

とはいえ、NGをなくせば、完全に一線を越えることになる。

セックス及び粘膜接触を避けることで、貴子はSMが浮気ではないと言い張ることができたのだ。竜平にしても、それがぎりぎりの妥協点だった。セックスまでしていないことで、なんとか男のプライドを保っていた。自分の妻は、決して寝取られたわけじゃないと……。

NGがなくなれば、自分たち夫婦の関係は、いままでよりいっそう揺らぐことになるだろう。それはもはや、崩壊必至の危険なステージだった。目の前で妻を寝取られてまで、結婚生活を維持する自信が竜平にはなかった。貴子だってそうだろう。それでも自分たちは、そのステージにのぼらなければならないのか……。

「どうなんだい？　NGはなしでいいんだね？」

「……はい」

貴子の声が聞こえた。蚊の鳴くような声だったが、竜平の胸には棘のように突き刺さった。

「ご主人は？」

綿貫が言い、沙月が後頭部から足をどけた。顔をあげた竜平の眼にまず飛びこんできたのは、青ざめた貴子の顔だった。青ざめて震えていた。やはり、これから始まることが夫婦崩壊の決定的な出来事になることを、理解しているようだった。竜平も自分の顔から血の気が引いていくのを感じていた。崩壊を食いとめる方法がひとつだけあるとすれば、竜平が態度を豹変させ、貴子をここから連れだすことだけだった。

できなかった。

「それで結構です」

上ずった声で言った。ついに賽は投げられた。投げてしまった。時空が歪んだような感覚があり、叫び声をあげたい衝動に駆られた。

貴子は天を仰いでいる。事態の深刻さを受けとめて、顔面蒼白になっている。それでも、綿貫に目顔で急かされ、服を脱ぎはじめた。

素っ裸になった妻に、沙月が近づいていく。高身長とドレスアップで、これでもかと威圧する。特別な言葉責めをしなくても、沙月が前に立つだけで貴子は劣等感に身悶える。しかも裸だ。真っ赤になってうつむき、唇を嚙みしめるしかない。

貴子はいま、沙月よりずっと小さな身長、男好きする豊かなバスト、顔に似合わず濃すぎる陰毛など、自分の体のすべてが恥ずかしくてたまらないはずだった。沙月がそういう構図をつくっている。上から優越感たっぷりに視線を向けるだけで、貴子は震えがとまらなくなり、いまにも泣きだしそうな顔になっていく。

3

竜平は少しの間、別のことを考えていた。

貴子と恋人同士だったころの思い出だ。

お互い忙しい合間を縫って逢瀬を重ねていたので、デートらしいデートをしたことはあまりない。たいていはレストランで食事をし、時間があればバーで少し飲み、その後はどちらかの家に行ってセックス、という感じだった。

それでも、遠出をまったくしなかったわけではない。回数が少ないのでむしろよく覚えているし、時間が経っても色褪せなかった。湘南の海、横浜の観覧車、奥多摩でドライブ……。

とくに、ファーストデートだった湘南は印象深い。日帰りだったが、水族館を見物し、江の島の展望台にのぼり、浜焼きに舌鼓を打ち、盛りだくさんな一日だった。夕暮れの潮風に吹かれながら、「帰りたくないな」と貴子が手を握ってきた。彼女がそんな甘い台詞を口にするのは珍しいことだった。ファーストデートに舞いあがって、うっかり女子っぽいキャラを演じてしまった感じだった。言ったあとにものすごく照れて、それを誤魔化すためにどうでもいいことで怒りだしたりした。

そんな不器用なところも、竜平にとってはたまらなく愛おしかった。普段は強気な彼女とのギャップに胸が高鳴り、抱きしめてやりたかった。実際に抱きしめたり、唇を重ねたのは、もう少しあとになったからだが、肩を並べて夕凪の海を眺めながら、このままずっと彼女と同じ景色を見ていたいと思った。

それが……。

五年の歳月が流れたいま、ふたりが一緒に見ているのは、眼を覆いたくなるようなおぞましい光景だった。

ふたり並んで分娩台のような器具に座らされ、その姿が目の前の大きな鏡に映っていた。両手はバンザイするようなＶの字に、両脚はＭ字にひろげられて拘束されていた。もちろん性器はさらされている。尻の穴さえ隠しようがないみじめな姿で、人としてあり得ない恥をかいている。

貴子の顔は、すでに真っ赤に染まっていた。

器具に座らされる前に、ひと悶着あったので、まだそのダメージから回復していないようだった。

竜平はすぐに拘束されたのだが、綿貫と沙月は貴子をなかなか器具に座らせようとしなかった。立ったまま、妻の裸身を眺めていた。スーツとドレスの男女に挟まれた全裸の貴子は、ただ立っているだけで途轍もなく恥ずかしそうだった。

「見れば見るほど、エッチな体つきをしているわね」

沙月がついに、言葉責めを開始した。

「おっぱいも牛並みなら、マン毛もボーボーで、牝くさくってしかたない。フラワーアーティストなんて気取ってるけど、こんなにいやらしい体して、どれだけ男を誘惑してきたの？ご主人と結婚する前、どれくらいやりまくった？」

「やりまくってなんて……ないです……」

貴子は下を向いたまま声を震わせた。

「本当に？　こんな牝くさい体してたら、男が放っておかないでしょう」

「……軽い誘いになんて乗りませんから」

「なにそれ？　モテ自慢？　牝くさい匂いで男に集合かけておいて、いざ言い寄られたら断るんだ、ふーん」

沙月は貴子のまわりをゆっくりとまわった。沙月は銀のハイヒールを履いているが、貴子は裸足だった。それにより、ひときわ身長差が際立っていた。

「お高くとまりすぎじゃない？」

沙月の指が、貴子の乳首に触れた。ほんの少し、かすらせるようにさっと触れただけだった。痛くはなかったはずだ。

貴子も悲鳴はあげなかったが、極端な猫背になった。いじめっ子がいじめられっ子にちょっかいを出すようなやり方で性感帯に触れられ、屈辱を覚えたはずだ。そもそも彼女は、同性のサディストにいじめられることを想定して、ここにやってきていない。沙月はあくまで、竜平を相手にする存在だと思っていたはずだ。

「マゾのくせにお高くとまってるとね、ふふんっ、生まれてきたことを後悔するほど恥ずかしい目に遭わされちゃうよ」

沙月は爪を立てた猫のような仕草で、しつこく貴子の乳首に触れる。

「……ゆっ、許してっ……」

「えっ？　なんか言った？」

「もう許してください」

顔をあげた貴子は、沙月ではなく、綿貫に向かって言った。いまにも地団駄でもしそうな表情で、助けを求めるように……。

「はっ、早く拘束してもらえませんか。こんなのっ……こんなのわたしっ……」

拘束もされないまま言葉責めを受けていることが、耐えがたいようだった。貴子の手足はまだ自由で、ひどい言葉で罵ってくる沙月を突き飛ばすこともできれば、自力でこの場から逃げだすことも不可能ではないのである。

そんな状況にあって、蔑みの視線と言葉責めを受けるのは、拘束されているときよりつらいのかもしれなかった。その屈辱的な状況を求めているのは自分自身だと、一秒ごとに思い知らされるからだ。

「沙月の言葉は、僕の言葉と思ってくれ」

綿貫は非情に言い放った。

「彼女の言うことがきけないなら、キミはこの場所にいる資格がない」

絶望に顔を歪める貴子に、沙月が勝ち誇った笑みを浴びせた。

「いまの言葉、肝に銘じておきなさいよ。いい？　余計なこと言った罰として、犬の真似をしなさい。うまくできたら許してあげるから」

為す術もなく四つん這いを強要された貴子は、「ワンワン」と言いながら絨毯の上を歩かされた。さらには尻を振ったり、チンチンのポーズまで……。

竜平にとっては、正視に耐えがたい光景だった。ハイブランドのドレス姿で四つん這いの貴子を悠然と見下ろしている沙月は、海外の公園で優雅に犬を散歩させるセレブのようだった。そのくせ、銀色のハイヒールでうりうりと乳房を嬲ったり、尻を踏んだりして愛犬を弄ぶのだ。悪魔のような笑みを浮かべて。

「そろそろ、おしっこしたくなったんじゃない？」

沙月がガラス製のボウルを貴子の足元に置いた。

「知ってる？　片脚あげておしっこするのって牡だけじゃないのよ。たまに牝にもそういう男勝りがいるの。あなたにぴったりね。片脚あげておしっこしなさい」

貴子は涙を流していた。しゃくりあげながら、なんとか片脚だけはあげた。あまりに情けないその姿に、竜平まで目頭が熱くなってきた。これで排泄行為まで披露したら、いったいどうなってしまうのか……。

「おしっこしなさい」

「出ませんっ……できないですぅ……」

貴子は泣きながら首を横に振った。恥ずかしくてできないのか、生理的に不可能なのか、竜平にはわからなかった。

見るに耐えない押し問答はしばらくつづいたが、

「もういい」

綿貫がパンと手を叩いて場を収めた。

「おしっこができないなら、彼女には別の罰を与えよう」

そう言って、真っ赤になって泣いている貴子を器具に座るよううながした。拘束された貴子は、真っ赤な顔でハアハアと息をはずませつつも、内心で安堵しているように見えた。これで自分の意思ではなく、サディストの意思によっていじめられている、という体裁が整ったからである。

とはいえ、そこからがプレイの本番だった。綿貫と沙月にとって、四つん這いで犬の真似をさせることなんて、前戯にさえなっていなかったらしい。

スーツの上着を脱ぎ、ワイシャツの腕をまくった綿貫が持ちだしてきたのは、T字形の剃刀だった。片脚あげのおしっこができなかったという理由で、貴子は股間の草むらをきれいに剃り落とされた。ブラジリアンワックスまで使う念の入れようで、顔に似合わないほどの剛毛をすべて奪われてしまった。

「連帯責任よ」

沙月が竜平の陰毛も剃り落とした。夫婦揃ってパイパンにされてしまい、鏡に映った自分たちの姿が、ひときわおぞましいものになった。

毛が濃かっただけに、女の花が剝きだしにされた貴子の股間は衝撃的だった。肌色が白く、くすみもないから、本物の花の蕾がそこについているようだった。本来は日陰に咲くべきアーモンドピンクの淫靡な花が、日向にさらされたように。

もちろん、竜平のほうもかなりのものだった。子供のペニスは生っ白いが、大人になれば鈍色に色素沈着する。排泄器官として使われるだけではなく、性器であることが一目瞭然なうえ、勃起していた。まるで懲罰でひとり立たされている、みじめな囚人のように。

「奥さん、剛毛だったから剃り甲斐がありましたよ」

綿貫が貴子の顔をのぞきこむ。貴子の顔は震えている。長い睫毛も、紅潮した頰や小鼻も、半開きの唇も、すべて……。

「これで準備は万端だ。なにしろ僕は、毛の生えたオマンコが苦手でね。眺めたりいじったりするぶんにはいいんだが、舐める気がしないんだな。舐めるならやっぱり、つるつるじゃないとね……」

綿貫の節くれ立った手指が、蛇のように貴子の素肌を這っていく。器具によって開かれている太腿の内側を、愛でるように撫でまわす。剝きだしになった花びらの両脇に、人差し指と中指が添えられる。綿貫が逆Vの字に指を開くと、指の間から薄桃色の粘膜が恥ずかしげに顔をのぞかせた。鏡越しに竜平にも見えた。

「舐めてもいいよね？」

低い声で妻にささやく綿貫の言葉が、竜平の胸に刺さった。前回までNGだったクンニリングスが、いよいよ解禁されるらしい。

もちろん、竜平と同じくらいかそれ以上に、貴子もショックを受けているはずだった。なにしろ彼女は、それが苦手なのだ。夫の竜平にすら許したことがない。「竜ちゃんだけに意地悪してるんじゃないからね。いままで付き合った男の人、誰にもそんなことさせなかったの」。性器を間近で見られるのも嫌なら、匂いを嗅がれるのはもっと嫌だと、酸っぱい顔をつくって言っていた。

「どうなの？　ご主人の前だけれど、オマンコ舐めてもいいよね？」

綿貫は貴子の顔を見てささやきながら、指を閉じては開き、開いては閉じた。さらに、クリトリスの包皮を剝く。それも直接刺激せず、包皮を剝いては被せ、被せては剝く。次第に、アーモンドピンクの花びらが淫らな光沢をまといだす。濡らしているのだ。まだなにもされていないようなものなのに……。

「なっ、舐めてくださいっ……」

小声だがはっきりと、貴子は言った。

「たっ、貴子のっ……オッ、オマンコ、舐めてっ……」

竜平はあんぐりと口を開いた。沙月に言葉責めを受けていたときより、ずいぶんと従順だったからだ。すっかり主従関係ができあがっているように見えてしまった。

「くさいオマンコだろ？」

綿貫が貴子の顔に、ふうっと息を吹きかける。

「奥さんまさか、自分のオマンコが薔薇の香りでもすると思っているのかい？　くさいんだよ。マゾのオマンコは、鼻をつまみたくなるくらいくさい」

貴子が泣きそうな顔で眼をそむける。

「くさいオマンコ、舐めてほしいんだな？」

「なっ、舐めてくださいっ……貴子のオマンコくさいですけどっ……くさくて申し訳ないですけど、舐めてくださいっ……」

「ご主人の前でか？」

「夫の前で、恥をかかせてくださいっ……たっ、貴子のくっ、くさいオマンコ、舐めてほしいっ……」

「どれくらい舐めるんだ？」

貴子は一瞬、呆けたような顔になった。

「クリトリスがふやけるくらいか？　それとも潮を吹くまでか？　潮吹いてイキまくっても、

まだしつこく舐めてほしいのか？」

　綿貫の声に力がこもる。

「どうなの？　どれくらい舐めてほしいの？　言わないと放置プレイだよ。ご主人がいじめられるところを、黙って眺めてるかい？」

「……めちゃくちゃにしてください」

　震える声を絞りだすようにして、貴子は言った。

「頭の中が真っ白になるくらいめちゃくちゃにっ……めちゃくちゃにされたいっ……お願いしますっ……」

　それが妻の切実な本心であると、竜平には痛いほどよくわかった。快楽の嵐に翻弄され、なにも考えられなくなりたいのだ。この部屋に、自分のコンプレックスを刺激してやまない沙月がいることも、あまつさえ夫婦で恥をさらそうとしている状況も、なにもかも忘れてしまいたいのだ。

　妻の願いは叶えられた。

　綿貫は妻の両脚の間に移動すると、屈みこんで剝きだしの性器に顔を近づけていった。竜平から、舌を這わせているところは見えなかった。お互い鏡に向かってM字に両脚をひろげているから、貴子の股間は綿貫の後頭部で隠れてしまった。

それでも、なにをされているのかは妻の顔を見ていれば想像がついた。眉根を寄せたり、頬をひきつらせたり、恥ずかしげに眼を伏せたり……。

確実に、舐められているようだった。次第に激しくなっていく妻の呼吸音が、竜平の胸を押しつぶした。

妻はいま、性器を舐められている……。

夫にさえ自由にさせなかった女の花に舌を這わされ、味を知られ、匂いまで嗅ぎまわされている……。

破滅への道をまた一歩、前に進んだようだった。他の男に性器を舐められた女を、生涯愛しつづける自信などなかった。ただ舐められているだけではなく、妻は感じている。じゅるっ、じゅるるっ、と綿貫がわざと音をたてて蜜を啜《すす》る。耳障りなほど大きな音だ。それほど大量に、発情のエキスを漏らしているということだ。

「さすがにショックかしら？」

沙月がささやきかけてきた。

「同情しちゃうな。目の前で他の男に奥さんがオマンコ舐められちゃうなんてね。しかも、あのアヘ顔。フラワーアーティストでございますなんて気取ってるくせに、とんでもないあばずれじゃない」

竜平は言葉を返せなかった。たしかに、妻のよがっている表情は、揶揄されてもしかたがないほどいやらしかった。なんとか声だけはこらえているものの、おそらくそのせいもあり、表情の変化が激しい。瞼を落としてきりきりと眉根を寄せていたかと思えば、ハッと眼を見開いて自分の股の位置にある綿貫の顔を見る。舌が感じるところにあたったのだな、とはっきりわかる。

「それじゃあ、こっちはこっちで始めましょうか……」

沙月の眼に、サディストの冷酷な炎がともった。

「もしかしてだけど、奥さんがクンニされてるってことは、自分もフェラとかされちゃうんじゃないかって、期待してる？」

竜平はあわてて首を横に振った。

「本当かしら。この流れなら、今度はあなたがわたしにチンコしゃぶられて、奥さんが嫉妬に身をよじるって展開じゃない？　わたしのバキュームフェラ、涙が出るほど気持ちがいいってよ」

沙月が唇を小さなOの字に開いた。コーラルピンクの口紅で濡れたように輝いている彼女の唇は、あるものを生々しく想起させた。先ほどパイパンにされた、貴子の性器である。

「どうなのよ？　フェラしてほしいの？」

竜平の視線は、沙月の唇にとらわれていた。パイパンになったペニスを、この唇でしゃぶられたら――と思わず想像してしまった。

「まあ、してほしいって言われても、しませんけどね。わたしはそんな恥知らずな女じゃないから」

沙月に乳首をひねりあげられ、竜平はのけぞって悲鳴をあげた。

4

耳を塞ぎたいという衝動に駆られるのは、もはやこの地下室を訪れたときの恒例行事のようなものだった。

ただし、前回まで聞こえていたのは妻のいやらしい悲鳴だけだったが、いまはそれに加え、自分の声も聞こえている。まるで競いあうように、妻があえげば竜平がうめき、竜平が野太い声で叫べば、妻が甲高い悲鳴をあげる。

妻はヴァイブで責められていた。綿貫は緋《ひ》毛氈《もうせん》を敷いたテーブルの上に十本以上の模造ペニスを並べ、小さくて細いものから順番に妻の中に入れていった。クンニリングスで濡らされた妻の中はよくすべるようで、素早いピッチで抜き差しされても、卑猥な肉ずれ音を撒き散らして受けとめた。

妻は何度もイキそうになっていた。もちろん、そんなことが許されるわけはなかった。押し寄せてくる絶頂の予感に妻が身をすくめると、綿貫はすかさず抜き差しをやめて、浅瀬をねちっこく穿つ。もどかしさに身をよじる妻は、涙声をあげてオルガスムスをねだるしかない。

「おっ、お願いしますっ……もうイカせてっ……イカせてくださいっ……奥まで突いてっ……オマンコの奥までぐりぐりしてえええっ……」

叫べば叫ぶほど、妻は人間性を失っていった。綿貫がより大きなヴァイブに差し替えるたびに、淫らな悲鳴に低く唸るような声が混じり、人間離れしていく。

妻に比べれば、竜平への責めはソフトだったかもしれない。

M字開脚に拘束され、パイパンの性器から尻の穴まで露わにしたみじめな格好を強いられているのは同じでも、ねっとりしたオイルをペニスをかけられ、それを沙月にいじられていただけだ。

沙月はあきらかに、竜平より隣で綿貫に責められている妻に興味が向いているようで、手つきもおざなりだった。まるで野球観戦をしながら手の中でクルミを転がしているような感じで、ヌルヌルになった亀頭を撫でたり、カリのくびれを指腹でこすってきたりする。

もちろん、やり方はソフトでも、竜平が興奮していないわけではなかった。自分のものとは思えないほどペニスを大きく膨張させていた。隣で妻がヴァイブを突っこまれてよがっているのだから、興奮しないわけがなかった。

妻がイキそうになるたびに、固唾を呑んで見守った。イク寸前で焦らされて、もどかしさにあえげば、竜平も一緒に落胆した。妻に感情移入していたことは間違いなかった。妻と同化したいという、アブノーマルな欲望が身の底からこみあげてきた。

だが次第に、そのアブノーマルな欲望は、別の感情へと移り変わっていった。妻に対して嫉妬心が疼きだした。なぜ妻ばかり責められて、自分への愛撫はおざなりなのか、悔しくてたまらなくなった。

妻の割れ目に突っこまれている極彩色のヴァイブが、自分のアヌスに埋めこまれたところを想像した。ぶるっと身震いが起こったのは、おぞましさのせいか、それとも期待しているのか……。

いまはまだオイルまみれのペニスをいじっているだけの沙月が、いずれ前立腺を責めてくることは間違いないだろう。彼女が「牝イキ」と呼んでいたドライオーガズムのことを思いだすと、にわかに尻の奥が熱くなっていった。

前立腺はいわゆる性感帯とは少し性質の違うものだった。触れられれば気持ちがいいのではなく、ただ苦しい。にもかかわらず、まるでスイッチボタンを押されたように、為す術もなくイカされてしまう。

前立腺を押しあげられながらペニスをしごかれ、射精に至ったときの熱狂を、竜平は忘れることができなかった。十秒にも満たないほんの束の間の出来事だったはずなのに、新しい快楽の扉が次から次に開かれていき、経験したことがない恍惚状態へと追いこまれていった。

その記憶が、体を疼かせてしようがない。隣では妻がオルガスムスを求めて自分を見失いかけている。感情移入してしまう。妻がイッた瞬間に見る光景を、自分も見たくてたまらなくなってくる。

気がつけばハアハアと息があがり、全身が汗ばんでいた。沙月の手つきは相変わらずおざなりだったが、ただいじりまわすだけではなく、時折、しごいてくれた。手筒が二、三往復するだけなのだが、しごかれれば射精を意識せずにはいられなかった。

「もっ、もっとしごいていただけませんか……」

たまらず声をかけると、

「はっ？　なんですって？」

沙月が呆れた顔を向けてきた。

「あなた奴隷のくせに、わたしのやり方にケチをつけるわけ？」

「ケッ、ケチなんて、そんなことは……」

竜平はあわてて首を横に振ったが、沙月は機嫌を損ねたようだった。眼を白刃のように輝かせるサディストの顔になって、竜平を睨んできた。

「わたしが本気出したらあんたなんてすぐドピュッと出しちゃうから、手加減してるんでしょうが？　それくらいのことがわからないわけ？」

言いながら顔を近づけてくると、唇を奪われた。一瞬、なにが起こったのかわからなかった。沙月の唇はふっくらと肉厚だった。ヌルリと差しだされた舌は驚くほど長く、蛇のように口内に侵入してきた。

舌をからめとられながら、竜平は驚愕に眼を見開いた。間近で見ると、沙月の端整な美貌は震えるほどの気品があった。眼つきこそ恐ろしいサディストのものだが、今日のウィッグは茶髪の内巻カール、メイクもドレスに合わせてフェミニンで、セレブ感さえ漂っている。

そんな極上の美女に――しかも、絶対にキスなどしないと思われていた沙月がキスをしてくるなんて、想像もしていなかっただけに戸惑うことしかできない。沙月は竜平のことなどおかまいなしに、長い舌を存分に躍らせる。口内を隈《くま》無《な》く舐めまわしては、舌を吸いたててくる。吸引力が異常に強く、竜平は鼻奥でうめくばかりだ。

沙月はなかなかキスをやめようとしなかった。竜平から呼吸を取りあげるようにしつこく舌を吸いしゃぶりながら、乳首をつまんでは押しつぶしてきた。爪を使ってくすぐられると、拘束された五体を激しくよじらずにいられなかった。

「あなたをイカせるときは……」

耳元でひそひそとささやいてくる。

「奥さんの目の前で、思いきりケツを掘ってあげるから、覚悟しなさい」

竜平は、自分の肛門がキュッと縮んだのを感じた。意識よりも早く、肉体のほうが沙月の言葉に反応したのだった。前立腺を刺激されて男の精を放つ快感を、下半身の細胞が思いだした感じだった。オイルまみれで反り返っているペニスまで、釣りあげられたばかりの魚のようにビクビクと跳ねだした。

それを、握られた。いままでのソフトタッチとは違う強い力でぎゅっとされ、竜平はしたたかにのけぞった。続いて、しごかれた。強く握られながら手筒が五、六度も往復すると、射精がすぐそこまで迫ってきた。

もちろん、簡単にイカせてなどもらえなかった。射精がしたいという欲望だけを竜平の心身にがっちりと食いこませると、沙月の手つきは元のソフトタッチに戻った。キスも再開された。竜平は鼻奥でうぐうぐと悶え声をあげながら、拘束された身をよじることしかできなかった。全身から汗が噴きだしてきた。もはや汗ばんでいるというレベルではなく、鏡を見ればきっと、素肌という素肌がヌラヌラした光沢に覆われていることだろう。

「しゃ、射精させてくださいっ!」

沙月の唇が離れると、滑稽なほどの早口で叫んだ。

「射精がっ……射精がっ……射精がしたくてたまりませんっ……」

沙月は言葉を返してこなかった。もうキスもしてこなかった。両手の指を躍らせて、まるで楽器でも弾くように竜平の体をくすぐりまわしてきた。乳首を、脇腹を、内腿を、そして物欲しげにビクビクと跳ねているオイルまみれのペニスまで、からかうように刺激してくる。爪でペニスの裏側をツツーッと撫でられると、体中がガクガクと震えだした。震源地は腰だった。ペニスは痛いくらいに硬くなり、尻の奥が熱く疼いてしかたがなかった。

竜平は野太いうめき声をもらしながら、何度も何度も射精をねだった。隣では、貴子が綿貫に絶頂をねだっていた。自分たちは夫婦だった。これ以上の地獄絵図はないだろうと思った。夫婦揃って恥知らずなマゾとなり、イカせてくれと叫んでいる……。

だが、あった。

サディストたちは地獄の先にある光景を用意していた。

ふたりは責めをいったんとめると、竜平と貴子が座っている器具の向きを変えた。いままでは並んで鏡に向かっていたのだが、夫婦で相対させられた。しかも、宙に浮いている足がくっつきそうなくらい距離を縮めて……。

お互いに眼をそむけた。この状況で、連れ合いの眼など見られるわけがなかった。恥ずかしいなどという生ぬるい表現ではとても表しきれない、魂を八つ裂きにされるような羞恥心が襲いかかってきた。もはや彼女とは赤の他人、この地下室から出た瞬間に離婚するしかないと思った。

だが、サディストたちの恐るべき悪だくみは、ただ夫婦を相対させるだけに留まらなかった。

右手の手枷をはずされた。

貴子も同じようにされ、自由になった右手にヴァイブを握らされた。

「そんなにイキたいなら、自分でイケばいいじゃない」

沙月が言い、プッと噴きだす。おかしくてたまらないという顔で、腹を抱えて笑っている。

「ただし、ご夫婦で呼吸を合わせて、一緒にイッてちょうだいね。どっちか先にイッたりしたら、連帯責任でとんでもない罰が待ってるわよ」

竜平は身動きができないまま、ただ小刻みに震えていた。自由にされた右手が、恨めしくてしようがなかった。これでイチモツをしごきたてれば、射精するまで一分とかからないだろう。射精がしたかった。喉から手が出そうなくらい……だがしかし……しかしながら……。

沙月が後ろにまわりこみ、両手で顔を挟んできた。

「前を向きなさい。奥さんの眼を見るの。そうしないと、呼吸を合わせられないでしょう？」

貴子の後ろでは、綿貫が同じことをしている。強制的に眼を合わせられる。貴子は泣き笑いのようなおかしな顔をしていた。竜平もきっと、似たようなものだろう。こういうとき、どういう顔をしていいか知っている者がいるなら教えてほしかった。

「なーに、イキたかったんじゃないの？」

沙月がつまらなそうに言った。竜平も貴子も、金縛りに遭ったように動けなかったからだ。

「さっきまでイカせてイカせての大合唱だったくせに、いまさらなに気取ってんの？　わたしはね、マゾのくせに気取ってる人間が、この世でいちばん大嫌いなんだよ」

指先で、左右の乳首をつままれた。正面では、貴子が綿貫に同じことをされている。指の間で乳首が押しつぶされ、ひねりあげられる。強くひねってからパッと解放し、今度は爪でくすぐってくる。

竜平はうめき、貴子はあえいだ。そうしつつも、視線だけは合わせていた。お互いに眼を見開いていた。この場でサディストの命令は絶対だった。貴子の右手が、動いた。その手にはヴァイブが握られていた。サディストの命令もあるが、我慢できなくなったのだろう。こみあげてくる欲望が、竜平の顔も限界までひきつらせていく。射精がしたい、射精がしたい、という自分の声が、頭の中に反響している。欲望に抗えず、竜平の右手もそろそろと下半身に這っていく。

それでも、躊躇せずにいられなかった。ストップと叫べば、このプレイは中断してもらえるのだろうか？　いくらなんでもあんまりだった。オナニーしているところを見せあってしまったりしたら、もはや絶対に関係の修復はあり得ない。本当に離婚するしか道がなくなる……。

ストップ！　と竜平は叫べなかった。貴子が右手に持ったヴァイブの先端が、ついに女の割れ目に到達してしまったからだった。「ああっ……」と声をもらした瞬間の彼女の顔を、竜平は一生忘れないだろうと思った。遠い眼をして、顔中の筋肉をだらしなく弛緩させた。自分を放棄した人間の顔が、そこにあった。

ぬるり、ぬるり、とヴァイブの先端が割れ目に沿ってすべり、やがて埋めこまれた。ずぶりと入った刹那、貴子は眉根を寄せ、半開きの唇をわななかせた。深く埋めていくほどに、小鼻をいやらしいくらいに赤く染めていく。

「奥さんはカマトトなんじゃなくて、本当に奥手なんだね」

貴子の後ろで綿貫が苦笑した。

「ヴァイブの使い方がなってないよ。小さい突起をクリトリスにあてるんだ」

綿貫が埋まったバイブの角度を直す。ペニスを模した部分とは別に、くちばしのように突起しているところを、クリトリスにあてがってやる。さらに、スイッチを入れた。いままでただの静物だったヴァイブが、唸りをあげて動きだした。

貴子が泣き叫ぶ。身をくねらせ、ガクガクと腰を震わせて、あっという間に淫らな快楽に取り憑かれていく。

竜平の耳に、沙月の熱い吐息がかかった。

「女がヴァイブを咥えこんでるとき、なに考えてるか知ってる？」

ひそひそ声で続けた。

「チンポのことよ。男だってそうでしょ？　手コキされたり、フェラされるとき、オマンコのことばっかり考えてるでしょ。さーて、奥さんはいま、誰のチンポを頭に思い浮かべてるでしょうか？　あなたのかな？　それとも……」

竜平は体の中からなにかが抜けていくのを感じた。それもきっと魂なのだろう。この期に及んで夫婦崩壊を恐れている自分が、救いがたい愚か者に思えた。オナニーどころか、妻はこれから、綿貫に犯される運命なのだ。寝取られてしまうのだ。おそらく自分の目の前で……。

この部屋に来ることを決めたときから、わかっていたことだった。わかっていてなお、涙が出てきそうになる。

「ほら、いつまで意地を張ってるのよ。シコシコしてごらんなさい。気持ちがいいわよ。なにもかもどうでもよくなるくらいに……」

竜平はパイパンにされた自分のペニスに初めて触れた。いつもと触り心地がまるで違った。オイルまで塗られているので驚くほどつるりとし、握りしめると体中が反り返るほどの快感が襲いかかってきた。

5

この世でオナニーを見せあっている夫婦ほど、憐れな存在はないだろう。

目の前で、貴子がヴァイブを操っている。割れ目に深々と咥えこみ、ヴァイブの振動に合わせて身をよじり、時折いちばん奥まで押しこんでは、上ずった声をもらす。竜平と視線を合わせるよう命じられているので、その顔は羞恥に紅潮し、くしゃくしゃに歪みきって、汗にまみれて光っている。

竜平は、亀頭の先端をつまんで撫でている。「しごくの禁止。すぐイッちゃいそうだから」

と沙月に言われたからである。しごくよりもなお滑稽な姿を妻の瞳に映し、刺激が弱いのでなにもかもどうでもよくなるほどの快感もない。それでも、妻の痴態を見せつけられているので興奮は高まる一方だし、次第に弱い刺激にも慣れてきた。このまま射精まで辿りつくことができそうだという手応えを感じると、鼻息を荒らげながら夢中になってつまんでは撫でた。

「見つめあって、呼吸を合わせるのよ」

後ろから沙月がささやいてくる。

「夫婦なんだから、イクときは一緒よ。わかってるわね」

左右の乳首を爪を使ってくすぐってくる。

綿貫も、妻の後ろに立ち、妻の乳首をいじりまわしている。妻はそろそろ我慢の限界のようだった。見つめあっているからよくわかるが、妻は自慰を始めた瞬間からイキたがっていた。それまで綿貫に入念にクンニされていたし、ヴァイブの性能もいいのかもしれない。

一緒にイクためには竜平が追いつかなければならないが、こちらはいつものようにしごくことができず、亀頭をつまんで撫でているだけだからなかなか射精欲が切迫してこない。

いや、切迫しそうになると、沙月が耳元でひそひそとささやくのだ。

「奥さん、先にイッちゃいそうじゃない？　彼女が先にイッたら、きつーい罰が待ってるわよ。連帯責任であなたにもね」

罰の内容を考えると、自慰に集中できなかった。体は射精を求めているので、指の動きは速くなっても、高まっていくことができない。

連帯責任、という言葉が気になってしようがなかった。先ほども、それは一度、発動されていた。ほんの少し反抗的な態度をとった罰として、妻は陰毛をきれいに剃り落とされ、連帯責任で竜平までパイパンにされた。

今度はそれくらいではすまない気がする。陰毛を剃られる以上にきつい罰とは、いったいなんだろうか？　想像することもできないが、想像を絶するほど恥ずかしい思いをさせられることはわかる。

恥をかかされることはマゾにとっては快感なのかも知れず、実際、夫婦で自慰を見せあっているいまも、竜平は興奮していた。おぞましさや自己嫌悪の裏側に、暗色の興奮がぴったりと貼りついている。

しかし、あえて恥をかきたいとは思わない。罰も連帯責任もできることなら回避したいと、わずかに残された人間性が拒否反応を起こすのだ。

貴子も同じことを考えているはずだった。あえて恥をかきたがるのは単なる恥知らずであり、そうはなりたくないと思っているはずだったが……。

貴子は眼を見開いて悲鳴をあげた。いままでより一オクターブも甲高い、切羽つまった悲鳴だった。竜平の顔を見て、首を横に振っている。もう我慢できないと、彼女の顔には書いてあった。

「まっ、待ってくれっ……もう少しだけっ……」

竜平は声をかけ、ペニスを握りしめた。妻に追いつくにはもう、しごくしかなかった。手筒をスライドさせると、身をよじらずにはいられない快感が訪れた。たった四、五往復させただけで、射精欲がこみあげてきた。透明人間のような欲望の化身が、体の内側で暴れまわっている感じだった。

これで追いつける――そう思った瞬間、貴子の顔に哀しげな諦観が浮かんだ。泣き笑いをするように眼尻を垂らしつつ、M字に開かれた太腿に力をみなぎらせていく。

ヴァイブがぐっと奥まで押しこまれた。先端で子宮を叩いていることがわかる生々しい動きで、ぐいぐいと押しこむと、次の瞬間、股間が跳ねあがった。五体の肉という肉を淫らなまでに痙攣させて、貴子は果てた。イッてしまったのだ。

竜平は呆然とした。

こちらが射精する前に、ゲームが終了してしまったのである。

「はーい、罰決定っ！」

沙月が楽しげに言いながら、竜平の右手をつかんだ。再び革製の手枷に拘束された。射精寸前だったペニスが悲鳴をあげ、竜平はもどかしさに身をよじりながらも、罰への恐怖に身震いしていた。

イキきった貴子も、綿貫によって手枷をされた。彼女はもう、竜平の眼を見ていなかった。オナニーでイッてしまった恥ずかしさもあれば、敗北感もあるはずだった。オルガスムスの余韻に震えつつも、彼女も罰のことを考えているに違いない。

「やってくれたわね？」

沙月が冷めた眼つきで睨んでくる。

「わたしの言いつけを破ってチンコしごいちゃったんだから、連帯責任じゃなくて、罰の二乗よ。そもそもきつーい罰なのに、ご愁傷さま」

竜平と貴子が座らされている器具が、元の位置に戻された。夫婦で向かい合うのではなく、お互いが鏡に対して正面を向いた。

「いやっ！」と貴子が叫んだ。おぞましいものを見るような眼つきで綿貫を見て、凍りついたように固まっている。オルガスムスの余韻で紅潮していた顔から、みるみる血の気が引いていく。

綿貫が手に持っているものを見ていた。

注射器だった。いや、注射器にしては大きすぎるガラス製の注射筒だ。缶コーヒーくらいの太さで、長さはゆうに倍はある。

それが浣腸器であると、竜平は気づかなかった。それゆえ、妻が悲鳴をあげた理由もすぐには理解できなかった。

沙月の手にも同じものがあった。なにやら液体を吸いこんだ。肛門にクリームを塗られた。そこに至ってようやく、竜平はすべてを理解した。

クリームが塗られた肛門に、浣腸器の先端が挿入された。ひんやりした硬いガラスの感触に、すさまじい悪寒を覚えた。沙月を見た。ニヤニヤ笑っている。

ストップと叫んでプレイを中止する権利が、竜平にはあるはずだった。沙月もそれがわかっているから、すぐに内筒シリンダーを押しこんでこなかった。竜平は視線を走らせ、貴子を見た。竜平と同じように、肛門に浣腸器を挿入され、ひきつりきった顔で綿貫を見上げていた。

「地獄って何丁目まであるか知ってる？」

沙月がささやく。

「八大地獄っていうから、きっと八丁目までね。いまはまだ、せいぜい三丁目」

ストップと言うならいまのうちよ、と彼女の顔には書いてあった。

夫婦で自慰を見せあったあとは、揃って浣腸——なるほど、自分たちはいま、地獄でのたうちまわっているに違いなかった。

それでも、竜平はプレイを中止するワードを叫べなかった。好奇心などでは断じてない。強いていうなら、罪悪感だ。沙月に対する……。

彼女の言いつけを破り、ペニスをしごいてしまったのは事実だった。だから、非は自分にある。普通に考えれば、そんなことで罪悪感を覚えるほうがどうかしているかもしれない。しかし、ここはSMプレイのために用意された地下室であり、サディストの命令は絶対なのだ。その言いつけを破ってしまったことが、ひどく恥ずかしかった。人間の言葉がわからない、虫けらのように思えた。

きっと沙月を失望させたに違いない。ストップなどと叫べば、失望を通り越して軽蔑されることになるだろう。

あとから考えれば、異常な心理状態だったとしか言いようがない。ここが地獄の三丁目だと言うなら、せめて四丁目、五丁目のことを考えてみるべきだった。八丁目まで到達したとき、自分の人間性がどこまで剝ぎとられているのか、想像しなければならなかった。

想像力を放棄したとき、人はどこまでも恥にまみれることになる。

沙月が竜平の顔を見ながら、内筒シリンダーを押しこんできた。冷たい液体が体の内側を逆流してくるのを感じた。天地がひっくり返ったような、激しい眩暈を覚えた。怖いくらいの悪寒が起こり、浣腸器を抜かれてもそれはおさまらなかった。考えていたことはひとつだけだった。

肛門に力を込めて締めること――そこに意識を集中していないと、大変なことになりそうだった。

しばらく放置された。竜平は顔を真っ赤にしてうめき声をあげつづけた。隣で貴子も同じようにうめいていた。綿貫は涼しい顔でそれを眺め、沙月はニヤニヤ笑っているばかりだった。

限界が近づいてくると、竜平も貴子もうめいてばかりいられなくなった。トイレに行かせてほしいと哀願した。夫婦揃って絶頂をねだっていたのが、ずいぶんと昔のことに思えた。

「おっ、お願いしますっ……このままじゃ下の絨毯を汚してしまいます。おっ、お願いです、沙月さんっ……トイレにっ……トイレにっ……」

貴子も同じようなことを綿貫に向かって言っている。竜平は、そしておそらく貴子も、自分たちの願いがすんなり受け入れられるとは思っていなかった。それでも哀願せずにはいられなかった。

意外なことに、綿貫と沙月は、竜平と貴子を拘束から解放してくれた。今度ばかりは事情が違う、ということらしい。肛門に力をこめた滑稽な姿で、地下室の奥まで歩かされた。

連れていかれたのは、ガラス張りの小さな部屋だった。ユニットバスのようだが、浴槽はあっても便器が見当たらない。便意の限界は刻一刻と近づき、時限爆弾につけられた時計の音が聞こえてくるようだった。竜平も貴子も、便意をこらえるために足踏みをしていた。

「トッ、トイレはどこですかっ？」

普通に考えて、便器がふたつあるとは思えなかった。しかし、それを必要としているのは男と女の計二名。しかも、ガラス張りの空間。嫌な予感ばかりがこみあげてきて、鼓動が乱れ、息もできない。

綿貫と沙月は、竜平の問いに答えるかわりに、手枷をしてきた。竜平と貴子が向きあった状態で、右手と左手、左手と右手が繋がれた。意味がわからなかった。

「ここ、排水孔が大きいから床にして大丈夫よ」

沙月が恐ろしい言葉を残して、ガラス張りの部屋から出ていった。ガラスを挟んだ向こう側で、綿貫と肩を並べてソファに腰をおろした。

頭上で唸る換気扇の音が、やたらと耳障りだった。排水孔が大きいだけではなく、悪臭もこもらないよう工夫が施された部屋らしい。

竜平は貴子と眼を見合わせた。この地下室に来てから、自発的に眼を合わせたのは初めてだった。妻の瞳は、恐怖に凍りついていた。それもそのはずだ。サディストたちは、この場で排泄をしろと言っているのだ。

便器もない床に……

動物のように……。

じわり、と額に脂汗が浮かんでくる。それが流れて眼に入っても、拭うことすらできない。どうすればいいのか、竜平は必死に考えた。こみあげてくる猛烈な便意に身をよじりながら、ダメージを最小限に抑える方法を……。

そんなものがあるはずもなく、すぐに思考することさえできなくなった。どれだけ頑張って肛門を締めても、あと一分は我慢できそうになかった。一分以内に、惨劇のときは訪れる。竜平も貴子も、いよいよ足踏みすることすらできなくなった。ただ身をこわばらせ、青ざめた顔で震えあがっていくばかりだ。

ガラスの向こうに眼をやると、沙月が満面の笑みで手を振ってきた。ギャハハハという声さえ聞こえてきそうだった。

「竜ちゃん……」

貴子が言った。大粒の涙をボロボロとこぼしながら。

「わたし、竜ちゃんと結婚できて幸せだったよ……本当よ……でも、忘れてくださ い……わたしのことは全部忘れて……」

暇乞いにしか聞こえなかった。竜平の眼からも涙があふれた。次の瞬間、貴子はしゃがみこんだ。勢いがよすぎて、手枷で両手を繋がれている竜平もつられてしゃがんだ。そんな体勢になってしまえば、便意などこらえきれるわけがなかった。

「いっ、いやっ……」

貴子が断末魔の悲鳴をあげる。せめて恥ずかしい音をそれで掻き消そうという健気さに、竜平は胸を打たれた。残念ながら、掻き消すことなどできなかった。多少なりとも救いがあったとすれば、竜平にもすぐ限界が訪れ、どちらが出している恥ずかしい音なのか、わからなくなったことくらいだった。

# 第六章　きっと新しい愛の形

## 1

静かだった。

眼を覚ますと、竜平はベッドの上にいた。ＳＭ器具の揃ったところではなく、別の小さな個室で寝かされていたようだ。窓がないので地下のどこかなのだろう。照明は枕元のスタンドがついているだけなので、ぼんやりと薄暗い。

綿貫も沙月も、そこにはいなかった。

素肌に糊のきいたシーツの感触がした。竜平は全裸で後ろ手に拘束されていた。寝返りを打ちたかったが、背後に人の気配があるのでできなかった。

おそらく貴子だろう。

人としてあり得ないような恥をさらしあった夫婦の片割れがそこにいるなら、顔を合わせたくなかった。

自分の体から、嗅ぎ慣れないボディソープの匂いがした。沙月が体を洗ってくれたからだった。その前に、腸内も洗浄された。最初にされた浣腸はおそらく薬品だろうが、その後、二度、三度とお湯で浣腸をされた。

腹の中はからっぽだった。できることなら、頭の中もからっぽになりたかった。記憶を消し去ることができる薬なり機械なりが発明されたなら、真っ先に先ほどの醜態を消し去ってやりたい。

いや……。

自分についての記憶は消し去りたいが、貴子についてはそうではなかった。申し訳ないが、墓場に行くまで彼女の排泄シーンは脳裏に焼きついたままだろう。

汚濁にまみれながら、貴子は泣きじゃくっていた。その涙は哀しみだけに彩られていたが、泣きじゃくる彼女は美しかった。彼女が理想に掲げる、泥の中に咲く蓮の花のような色気があった。排泄しながらこれほどの色香を振りまく妻は、いったい何者だろうと思った。竜平も排泄しながら勃起していた。夫婦で汚濁にまみれながらまぐわいたいとさえ思ってしまった。

ベッドで少し眠ったあとでも、竜平は勃起していた。痛いくらいだった。朝勃ちのようなものかもしれないと思った。しかし、意識が覚醒してくるにしたがってますます硬くなり、性欲までこみあげてきた。いても立ってもいられなくなるような、尋常ではない性欲を覚えていた。

妻の排泄シーンが頭から離れないことに加え、腹の中ががらっぽになった飢餓状態が、性欲になんらかの影響を与えているのかもしれなかった。ペニスが硬くなっているだけではなく、全身が敏感になっているような気がした。性感が研ぎ澄まされ、なにかを求めていた。肉欲にまみれて射精を果たすことだ。セックスがしたかった。あきらかに、本能の疼きを感じた。沙月に導かれるドライオーガズムなどではなく、女を抱きたかった。これほど切実に、そんなことを思ったのは生まれて初めてかもしれない。

「竜ちゃん、起きてる……」

背後から貴子にささやかれ、ビクッとした。

「……ああ」

竜平は振り返らずに答えた。貴子もすぐには言葉を継がなかった。しかし、なにか言いたげな雰囲気は、背中を向けていても伝わってきた。

「体、変じゃない？」

「えっ……」

竜平は口ごもった。

「べつに……変じゃないけど……」

「本当？　わたし変なの……」

貴子の声が震えている。おそらく、羞恥に……。

「あっ、あそこがね……痒いの……痒くてしかたがないの……」

嘘をつくのが下手な女だと思った。貴子の体に異変があったとしたら、竜平がいま感じているのと同種のものに違いなかった。性欲がこみあげてきて、いても立ってもいられなくなっているのだ。

「ねえ、竜ちゃん、聞いてる？」

貴子が背中に肩をぶつけてくる。

「聞いてるけど……」

竜平はまだ振り返れない。

「痒いから掻いてほしいのよ……」

つまり、自分では掻けないということか。予想はついたが、貴子も竜平と同じように、後ろ手で拘束されているらしい。

「掻くってどうやって？」

「うつぶせになって」

貴子には、なにかアイデアがあるようだった。言われた通りにすると、背中にまたがってくる気配がした。

「わたしだって、竜ちゃんにこんなことしてもらうのつらいのよ……つらいんだけど……」

竜平の指に、なにかが触れた。見えなくても、それがなんであるのかわかった。びらびらした柔肉が、じっとりと濡れていた。

「かっ、掻いてください……お願い……」

せつなげな哀願の声に、竜平は胸を締めつけられた。彼女は本当につらいのだろう。つらいに決まっている。便意が限界に達したとき、彼女が口にした台詞が耳底に蘇ってくる。

「わたしのことは全部忘れて……」。まるで、取り返しのつかない罪を犯してしまい、自死を覚悟したときのような台詞だった。

にもかかわらず、喉元を過ぎてしまえば、こみあげてくる性欲に抗えない——それもまた、人間の哀しい性なのか？　あまりにもせつなすぎる。神様はなぜ、人間をかくも滑稽な生き物に造形したのだろう？

竜平は頭の中で貴子との位置関係を必死に思い浮かべていた。彼女はおそらく、蹲踞《そんきょ》のような中腰で、自分の股間を竜平の指に近づけてきている。気配からして、顔の向きは竜平と一緒だろう。ということは……。

貴子がくぐもった声をもらした。竜平が指を動かしたからだが、狙ったクリトリスに触れることはできなかったようだ。この体勢では難しい。ならば、と割れ目をなぞりたてる。花びらをめくって、奥まで指を侵入させていく。ヌプヌプと浅瀬に指先を沈めると、指が泳ぐほど濡れてくるまで時間はかからなかった。

貴子が息をはずませている。感じているようだったが、この体勢はいかにももどかしい。もっと感じさせてやりたくても、いちばん敏感な部分に指が届かない。

「ちょっと待って」

竜平は指を動かすのをやめた。

「どうせなら……舐めてあげようか？」

「えっ……」

貴子が声をこわばらせた。竜平の心もこわばっていた。そんなことをすれば、眼と眼が合ってしまうからだ。しかし、このままでは彼女を満足させることなど到底できそうにない。

「……いいの？」

「……ああ」

空気が重苦しくなる。

「でも……恥ずかしいから眼をつぶってしてくれる？」

竜平は一瞬、唖然とした。この期に及んで股間を見られるのを恥ずかしがる、妻の気持ちがわからなかった。

とはいえ、そんなことで口論する気にもなれず、

「……いいよ。眼をつぶる」

しかたなく言った。

「約束よ。絶対に見ないでよ」

背中から貴子が離れる気配がした。そしておそらく、あお向けになって両脚をひろげている。クンニのしやすいMの字に……。

竜平が上体を起こして顔を向けると、

「見ないでって言ったでしょっ！」

貴子は叫び、さっと両脚を閉じた。たしかに薄眼を開けていたが、嚙みつかんばかりの形相に、またもや唖然とする。

「そんなこと言ったって……まったく見ないで、どうやって舐めるんだよ」

「知らない。でも、竜ちゃん、見ないって約束したもん」

こんな状況で、身勝手を言うにも程がある。竜平は背中を向けてふて寝を決めこみ、金輪際無視してやりたい衝動に駆られた。

できなかったのは、貴子の裸身に眼を奪われたからだ。両脚を閉じていても、ツンと上を向いた美巨乳は見えていた。ミルク色に輝く素肌から、驚くほど濃厚な女の匂いが漂ってきた。

発情しているからだ。実際、眼を吊りあげて怒っているのに、その瞳はいやらしいほど潤んでいた。双頬が生々しいピンク色に染まり、小鼻まで赤くなりかけている。

「……ごめん」

竜平は怒りを呑みこみ、眼を閉じた。

「もう二度と眼を開けないから、声で誘導してくれ」

「……わかればいいのよ」

いささかバツが悪そうに、貴子は言った。

「こっちよ。そのまま前に来て……」

声を頼りに、竜平は身を乗りだしていく。貴子は再び両脚をひろげているはずだった。

「そこ」と貴子が言った。首を伸ばせば股間に口が届く位置まで来たらしい。

竜平は眼を開けた。貴子は驚いた顔をしたが、両脚を閉じることはできなかった。その前に、竜平が体を割りこませたからだ。

「なによっ……なにするのよ、嘘つきっ……」

身をよじる貴子の上に、覆い被さっていく。両手が使えないというのは、こんなにも不便なのかと思い知らされた。正常位の体勢に近づいても、抱きしめることができない。勃起しきったペニスに手を添え、角度を合わせることも……。

「なによっ！　なにするのよっ！」

「誰のせいであんな目に遭ったと思ってるんだ？」

怒気を帯びた鋭い口調に、貴子が驚いて眼を見開く。

竜平はいままで、妻に対してそんな口をきいたことはなかった。約束を反故《ほご》にして、騙し討ちに遭わせたのもそうだ。指にはまだ、濡れた肉ひだの感触が残っていた。あれが欲しかった。舐めるのではなく、ペニスを入れたくてたまらなかった。妻にしたって、舌で舐めるよりそのほうがいいはずだ。

「貴ちゃんが、我慢できずにイッたからじゃないか。貴ちゃんのせいで、夫婦揃って赤っ恥をかかされたんだぞ」

貴子の顔が羞恥の色に染まった。脳裏に蘇ってきたのだろう。夫婦で向きあってしゃがみこみ、排泄したシーンが……。

竜平は必死に腰を動かし、性器と性器を近づけようとしていた。両手を背中に拘束された状態で挿入しようとしている――まるで芋虫のようだった。いやいやと身をよじっている貴子もそうだ。みじめさがむしろ、闘志に火をつけた。排泄行為を見せあった恥知らずな夫婦は、虫のようにまぐわうことこそ、相応しいのかもしれなかった。ただ、ペニスをうまく入れることができない。入ってくれる気配もない。

「なっ、なによっ……わたしのせいだけじゃないでしょ。竜ちゃんだって……」

「たしかに僕も禁を破ってしごいたよ。でもそれだって、貴ちゃんがイキそうになってたから、しかたなくやったんじゃないか。イキそうだったろ？　ヴァイブを使いだした瞬間から」

「わたしが全部悪いっていうわけ……」

貴子がひきつった頬を痙攣させ、涙眼で睨んでくる。

「あんなことになったのは、全部わたしのせいだって……」

烈火のごとく怒りだす予感がした。彼女の導火線に火がつくのは、いつだって図星を突かれたときなのだ。

そのとき、奇跡が起こった。

無闇に押しつけていたペニスの先端が、ぬかるんだ柔肉の中に沈んだのだ。女が欲しいという衝動が、竜平の体を突き動かした。淫らな感触の中心に狙いを定め、ずぶずぶと入っていった。

## 2

結合の衝撃に、貴子が眼を見開いている。

言葉は出なかった。罵るのをやめた唇が、わなわなと震えているばかりだ。

竜平も似たようなものだった。眼は貴子に向いていたが、見てはいなかった。意識のすべてが、ペニスに集中していた。ぴったりと吸いついてきている、卑猥なくらいヌメヌメした肉ひだ——刺激欲しさに熱く息づいているのが、生々しく伝わってくる。

「……動いて」

貴子が顔をそむけて言った。

「動いて……ください……」

しおらしい言葉に、ペニスがひときわ硬くなった気がした。しかし、竜平は動けなかった。結合しただけで眼もくらむような快感が押し寄せてきて、動きだすのが怖かったのだ。動けばすぐにでも、射精してしまいそうだった。

「意地悪しないでよぅ……」

貴子が泣きそうな顔で見つめてくる。すぐ近くにある唇と唇が、磁石のS極とN極のように吸い寄せられていく。舌と舌をからめあう。小柄な妻は、舌も小さくて可愛らしい。

妻とキスをしたのは、いったいいつ以来のことだろう？

そんなことを言いだしたら、結合したのは果たして……。

もはや忘れていたような本能の疼きが、体温を急上昇させていった。動きだすのは怖かったが、じっとしているのもまた、たまらなくつらい。舌を吸いあいながら、顔に脂汗が滲む。

ずずっ、と抜いていくと、貴子がキスをやめて息をつめた。竜平は妻と視線をからめあいながら、奥まで入れ直した。もう一度、抜いては入れた。体の中がざわめいていた。まるで、下半身が小刻みに震えだす。

全身の血液が沸騰していくように……。

息をはずませ、必死に腰を動かした。性器と性器をこすりあわせる快感は身震いを誘うほどだったが、いかんせん両手を背中に拘束された状態では思ったように動けない。肘をつけないから、貴子に体重をあずけているのも申し訳ない。

思いきって、上体を起こした。そのほうが自由に腰を使えた。しかも、乳房をさらし、両脚をあられもなくひろげた貴子の姿がよく見える。

彼女は正常位のとき、こちらが上体を起こすのを嫌がる。「抱きしめていてほしいから」というのが理由らしいが、もちろん本音は別にある。ひっくり返った蛙のような、不様な格好を見られたくないのである。

とはいえ、さすがにいまはなにも言わなかった。クンニはしてほしいけど、眼を開けないでほしいと強弁していた彼女も、持ち前のわがままさを発揮することができなかった。

勃起しきったペニスが、女の割れ目に深々と沈みこんでいたからだ。抜き差しのリズムは、しごくゆっくりしたぎこちないものだった。それでも、妻の顔は蕩けていった。眉根を寄せ、半開きの唇を震わせて、快楽の海をたゆたいはじめた。

竜平はやり方のコツをつかみ、次第にピッチをあげていった。目の前の光景がいやらしすぎて、力強く突きあげずにはいられない。いつもは見られない、妻の大股開きを見ているからだけではない。その股間はつるつるのパイパンなのだ。サディストによって陰毛を一本残らず剃り落とされていた。

竜平のほうにも毛がないから、それはまさしく、剝きだしの性器と性器のぶつかりあいだった。ペニスを出し入れするたびに、アーモンドピンクの花びらが吸いついてきた。妻が新鮮な蜜を漏らすほどに、ずちゅっ、ぐちゅっ、という肉ずれ音が高まっていく。

貴子はついに声をこらえきれなくなった。薄眼を開けてこちらを見ながら、荒ぶる呼吸と一緒に、喜悦に歪んだ声を放つ。

「竜ちゃん硬い……硬いよ……」

うわごとのように言った。

「ヴァイブなんかよりずっといい……わたし、イッちゃいそう……すぐイッちゃいそう……」

まるで熱に浮かされているようだった。夫婦の営みのとき、彼女がそんな露骨な台詞を口走ったことはない。

可愛かった。

愛おしいとも思った。

妻とセックスをしていて、竜平がそんなことを思ったのは初めてだった。ふたりにとってセックスは、暗い箱の中に閉じこめておきたい秘めやかなものだった。行為そのものもそうだが、欲望を露わにすることが恥ずかしいし、照れくさいのだ。

しかしいま、陰毛を奪われた性器と同じように、欲望まで剝きだしにしている。妻は恥ずかしい格好でペニスを出し入れされながら、よがっている表情を隠そうとはしない。瞼さえ閉じようとしない。その様子を、竜平もギラついた眼でむさぼり眺めている。妻がよがればよがるほど、彼女の中に埋めこんだ肉棒は硬くみなぎり、腰使いにも熱がこもっていく。

ずんずんっ、ずんずんっ、と連打を浴びせると、貴子はのけぞって豊満な乳房を揺らした。両手が自由であったなら、その美しい隆起が歪むほど揉みくちゃにしてやりたかった。結合部の少し上で、包皮から顔を出している小さな真珠のようなクリトリスもそうだ。腰を使いながら、指先でいじりまわしたくてしかたがなかった。

叶えられない欲望をすべてペニスに託して、一心不乱に突きあげた。

突くほどに、身の底から生きるエネルギーがこみあげてくるようだった。

これほど夢中になってセックスをした記憶が竜平にはなかった。自分はいままでなにをやっていたのだろうと思った。妻を抱いているつもりでも、本気では抱いていなかったのかもしれない。偽物のセックスを本物のセックスと思いこみ、自分たちは性的に淡泊だなどと決めつけていただけではないのか。

「竜ちゃんっ……竜ちゃんっ……」

貴子が泣きそうな顔で首を横に振った。

オルガスムスが迫っているようだった。切羽つまった表情だけではなく、ペニスを包みこんでいる部分にも異変を感じた。にわかに締めつけを増して、鋼鉄のように硬くなったペニスを奥へ奥へと引きずりこもうとしている。

もうダメ、と妻が叫んだ。もうイク、イカせて、と涙眼で哀願してきた。

一緒に果てようと、竜平は抜き差しのピッチをあげた。

熱狂が訪れた。肉欲だけではなく、愛が燃えている実感がたしかにあった。自分はこんなにも貴子を深く愛していたのだと思い知らされた。オルガスムスが迫っている貴子は、よがり顔の百面相を披露しながら、好き、好き、と叫んでいる。最初のベッドインを思いだした。あのときも感動したが、あのときよりも何十倍も一体感があった。快楽がふたりを結びつけ、まるでひとつの生き物にでもなってしまったみたいだった。

しかし――。

「ちょっとぉ、なにやってんの？」

愛の熱狂に冷や水を浴びせる声が、後ろから聞こえてきた。

振り返ると沙月がいた。

綿貫と一緒に部屋に入ってくる。

「ちょっと眼を離した隙にオマンコしちゃうなんて、どういうわけ？　あなたたちって、セックスレスじゃなかったのかしら」

沙月がベッドにあがってきて、竜平を貴子から引きはがした。女とはいえ、竜平よりも上背が高い沙月は力も強かった。あまつさえ、後ろ手に拘束された状態ではほとんど抵抗できず、ペニスが無残に抜けてしまう。

貴子が泣きだした。

本当に、絶頂寸前だったのだ。

それを逃したもどかしさに、号泣せずにはいられなかったらしい。

3

竜平はベッドにあお向けに寝かされた。

Vの字に開いた両脚の間には沙月がいて、勃起したペニスに麻紐を巻いている。〈カサブランカ・ムーン〉でされたのと同じ状態だった。いよいよドライオーガズムで責められるときがやってきたらしい。思いだせば戦慄しか覚えない、すさまじい責めだ。

とはいえ、竜平は別のことに気をとられていた。

ベッドの端で綿貫と貴子は並んで座り、妻は肩を抱かれていた。見物を決めこむつもりらしい。綿貫は服を脱いで、黒いビキニブリーフ一枚の姿だった。素肌と素肌を触れあわせているふたりの間に漂っている空気が、竜平の癇に障った。乱交パーティに参加している夫婦のように見えなくもなかった。サディストとマゾヒストにしては、親和的すぎる。

綿貫が肩を抱いている女は、自分の妻だった。いまのいままで性器を繋げて、愛を確かめあっていた。熱狂的に腰を振りたてながら、竜平はすべて許せそうな気になっていた。愛し方が足りなかったのだと反省もした。

貴子にしても、そうだったはずだ。きっとやり直せるという希望を胸に、オルガスムスへと駆けあがっていこうとしたに違いない。

にもかかわらず、どうして綿貫に肩を抱かれて、シレッとしていられるのか。時折、綿貫がからかうように乳首をいじると、甘えるように身をよじるのか。

「はい、完成」

根元からカリのくびれまでびっしりと麻紐を巻きつけたペニスを見て、沙月が淫靡な笑みをもらした。

「奥さんの前でイカせてあげるわよ。たっぷりね」

「……牝イキですか？」

竜平は恨みがましい眼で沙月を見た。

「そうよ。なんのためにお尻の中をきれいにしたと思ってるの？」

沙月の言葉に、肛門がキュッと締まった。ただ辱めるためだけに行われていたと思っていた浣腸プレイだが、前立腺責めの布石だったらしい。

「今日のわたしはサービスいいわよ。あなたを牝イキさせるために、すっかり牡になってあげる」

　ウィッグを取った。沙月の本来の髪型は、ほとんど坊主に近い金髪のベリィショートだった。貴子が眼を見開いている。彼女はベリィショートに憧れていて、何度も相談されたことがあった。しかし、童顔やトランジスタグラマーなスタイルを考慮すると、長い髪しか似合わないという結論にいつも達する。沙月の金髪ベリィショートは、そんな貴子の劣等感をくすぐるのに充分だった。

　沙月はドレスも脱ぎ捨てた。悩殺的な黒いレースのランジェリーがその場の空気を一瞬にしてエロティックなものにしたが、衝撃はそれだけに留まらなかった。

　股間になにか生えていた。

　黒光りを放つ模造ペニス――ペニスバンドを装着していたのだ。

　さすがに竜平の体は震えだした。

　模造ペニスは、驚くほどのサイズではなかった。貴子が綿貫に咥えこまされていたヴァイブのほうが遥かに長大だ。それにしても指よりはずっと太くて長いし、反り具合や表面の凹凸も禍々しい。これを肛門に入れられるのか……。

「脚をひろげなさい。女の子みたいに」

　竜平が震えながら両脚をM字にひろげると、沙月はゴムサックを嵌めた指で肛門に潤滑クリームを塗りたくってきた。先ほど浣腸プレイで嬲られた肛門はまだ熱を孕んでいて、ヌルヌルした指でマッサージされると声がもれそうになった。

なんとかこらえたのは、見物人がいたからだ。綿貫は、それこそ見世物小屋でも楽しむような表情で、身悶えている竜平を見てククッと笑う。笑いながら、隣にいる貴子の頰にキスをする。貴子が驚いて眼を丸くし、綿貫と見つめあう。まるで恋人同士のようなイチャつき方に、心が千々に乱れていく。

竜平はこれから牡になった沙月に尻の穴を犯されるが、その後は、妻が綿貫に犯される番である。どういうやり方かわからないが、サディストたちの選択は、いつだってこちらの自尊心を徹底的に踏みにじるものだった。

つまり、なにをされるのがいちばんきついかを考えれば、今後の展開を予想することができそうだった。

甘くロマンチックなセックスを目の当たりにするのがもっともダメージが深い、と竜平は思った。綿貫が急に態度を豹変させ、妻をやさしく扱うパターンだ。いままで与えた厳しい責めはすべて愛情の裏返しだったのだと、最後に突然紳士になるのだ。そして、小柄な妻を腕の中に包みこみ、愛でるように腰を使う。それまで羞恥責めという鞭ばかり振るわれていただけに、愛情あふれる甘い飴をしゃぶらされた妻は感涙にむせぶかもしれない。ピストン運動を送りこまれながら、うっとりと綿貫を見つめたりしたら、こちらは二度と立ちあがれなくなりそうだ。

「なにぼんやりしてるの？」

模造ペニスの先端が、アヌスにあてがわれた。

「いくわよ」

先ほどまでニヤニヤしていた沙月の眼つきがにわかに険しくなり、瞳に白刃の輝きがともる。前髪のない金髪のベリィショートになったせいで、いままでより眼が大きく見えた。視線の圧がすごい。竜平は言葉も返せないまま、瞬きも忘れて見つめ返すことしかできない。

模造ペニスが、入ってきた。潤滑クリームとマッサージでほぐされたとはいえ、そこは本来、異物を迎え入れる器官ではない。指でさえ息苦しかったすぼまりが、黒いシリコンにむりむりと押しひろげられていくと、竜平の呼吸はとまった。顔の表面が、火を噴きそうなほど熱くなっていった。

「なかなか優秀なケツマンコね」

沙月が蔑んだ眼つきで言う。

「こんなにすんなり入るなんて、よっぽど掘られるのをお待ちかねだった？」

竜平は眼を剝いてわなわなと唇を震わせた。すんなりなんてことがあるもんか！　と叫びたかった。模造ペニスの存在感は指とはまったく違い、槍で貫かれたような衝撃に身をよじることさえできない。

それでもかまわず、沙月は腰を使ってくる。ずずっ、と抜かれる瞬間、体が裏返されるような恐怖を覚え、「ひっ」と声をもらしてしまう。我ながら情けない声だったが、恥じ入ることもできない。涙眼で身構えることしかできない竜平を見下ろしながら、沙月が腰を押しだしてくる。また息がとまる。ずずっ、と抜かれる。普段の自分の腰使いよりずっとスローだが、沙月は確実にリズムに乗っていく。

「どう、女の子になった気分は？」

沙月がささやく。

「あんたたち男はね、自分が射精したいがために、いつも女の子にこんな思いをさせてるのよ。存在自体が罪深いの」

「奥さんも、ご主人の気持ちがわかってきたんじゃないかな？」

綿貫の声がした。

「僕と添田に責められてみじめによがり泣く奥さんを眺めながら、ご主人はとても傷ついていたんだ。奥さんを愛しているからだ。愛するあまりボロボロに傷ついて、マゾになってしまった」

いまの話を貴子がどんな顔をして聞いているの見たかった。しかし、竜平はあお向けになっているので、視線だけを動かしても見られない。首をひねろうとしたが、それもできなかった。

沙月が電マを手にしたからだ。ブーン、ブーン、と唸るヘッドを、麻紐で縛りあげられたペニスに押しつけられた。思考回路を吹っ飛ばすような痛烈な振動に下半身を揉みくちゃにされ、竜平は雄叫びにも似た声をあげた。

「奥さんだって傷ついてたはずよ」

沙月が言った。

「いくらマゾヒストだって、泣きじゃくりながらイキまくってるところを夫に見られたくないわよ。普通なら誰だって、隠れてコソコソやるでしょうね。なのに奥さんは、あなたをここに連れてきた。セックスレスにあぐらをかいてるボンクラ亭主の前で、女としての恥という恥をかく覚悟を決めた……話を聞いて、わたしちょっと泣きそうになったわよ。奥さんの健気さと、あなたの不甲斐なさに……」

沙月が電マの振動を強めたので、竜平は口を閉じることができなかった。荒ぶる呼吸と女のような声をもらしながら、恥も外聞もなくよがってしまった。ずんっ、ずんっ、ずんっ、とアヌスに送りこまれるリズムも、ピッチがあがってきている。

「眼を開けなさい」

頬をビシッと張られた。かなり力がこもっていたが、痛くはなかった。燃えるように熱くなっている頬にひんやりした手のひらがあたり、心地よかったくらいだ。

「しっかり眼を開けてないと、また奥さんを裏切ることになるわよ」

竜平は必死に眼を凝らした。涙で霞んだ視界の中に、貴子が見えた。すぐ近くに移動してきていた。いまにもドライオーガズムに達しそうな夫の姿を間近で見るためではない。

彼女もまた、責められようとしていた。綿貫が彼女を、竜平の隣で四つん這いにした。といっても、後ろ手に拘束されているので、上半身はうつぶせになる感じだ。乱れた髪に隠れて顔が見えなくなったが、綿貫はわざわざそれを整え、貴子の顔をこちらに向けてきた。眼が合ってしまいそうになり、竜平はあわてて上を向く。

「まったく惚れぼれする……」

妻の尻を後ろからのぞきこんだ綿貫が、感嘆の声をもらした。

「奥さん、オマンコも綺麗だが、尻の穴まで可愛い桃色なんだものな。とてももうすぐ三十路の人妻とは思えないよ」

指にゴムサックを嵌め、オイルを垂らす。竜平には経験があるので、綿貫がなにをしようとしているかすぐにわかった。妻が唸るような声をあげた。排泄器官に指を突っこまれ、中を掻き混ぜられている声だった。

「少し柔らかくなったら、ご主人と同じサイズのディルドを入れてあげよう」

「たまらないんじゃないの？」

沙月が竜平にささやく。

「夫婦揃ってケツの穴掘られるなんて、なかなかできない経験よ。ほら、奥さんのことちゃんと見てあげなさい。お尻の穴掘られてよがっているから」

沙月の鋭い眼光にうながされ、竜平は恐るおそる妻の方に顔を向けていった。たしかによがっていた。しかし、竜平と眼が合うと、唇を噛みしめながら首を横に振った。一瞬、どういう意味かわからなかった。

「そんなに尻の穴が感じるのかい、奥さん？　オマンコがびしょびしょになってきたよ。内腿までしたたってる」

どうやら貴子は、アヌスと同時に、女の花もいじられているようだった。唇を噛みしめて首を横に振ったのは、尻の穴で感じているわけではないと言いたかったのかもしれない。

綿貫がヴァイブを手にした。沙月が股間に装着しているものより、ずいぶんと大きかった。つまりそれは、アヌスに入れるものではない。

貴子が悲鳴をあげる。太いヴァイブが、前の穴に入れられたのだ。それでも、手放しでよがりはじめないのは、アヌスにも指が入ったままだからだろう。前の穴にヴァイブを出し入れされながら、排泄器官をいじりまわされているからだ。

妻が二穴責めに遭っている……。

竜平はパニックに陥りそうになった。美人で才能にあふれ、勝ち気で気位が高く、けれどもコンプレックスが多い不器用な女だった。芸術家肌ゆえのわがままさに辟易することもあるけれど、愛さずにいられない高潔さがあった。

その妻が、ふたつの穴を同時に……。

しかし、ショックに落ちこんでなどいられなかった。竜平もまた、ふたつの性感帯を同時に責められていたからである。

竜平の反応を見て、微調整を加えてきたのだろう。沙月の操るペニバンは、いよいよ正確に前立腺を刺激するようになっていた。指よりずっと太い模造ペニスで前立腺を突きあげられると、巨大な鐘を鳴らすような重苦しい衝撃が全身に響き渡った。

快楽と言われれば、たしかに快感の一種なのかもしれなかった。しかし、ペニスで味わう快感に比べ、アヌスのそれは陰鬱だった。ドゥーン、ドゥーン、という重苦しい衝撃が訪れるたびに、底なし沼に引きずりこまれていくような気がする。泥の中でもがきながら、電マが伝えてくる強烈な刺激にのけぞる。麻紐で縛りあげられているせいで、ペニスの快感もまた暗い。どこまで行っても泥の中でもがき苦しむしかない。

そんなふうに思ってしまったのは、直前に貴子とひとつになったせいに違いなかった。お互い後ろ手に拘束されていたから、虫のようなまぐわいだった。それでも、ペニスに伝わってきた肉ひだの感触を忘れることができない。いやらしいくらいによく濡れて、煮えたぎるような熱気があり、そしてやさしかった。やさしさに包みこまれている実感が、たしかにあった。

「そーら、これで二穴責めの完成だ」

綿貫が言い、貴子を後ろから抱えあげた。少女におしっこをうながすような格好をさせ、その股間を竜平に向けてきた。

二本、たしかに刺さっていた。前の穴には太い紫色のヴァイブが、後ろの穴には黒いディルドが……。

綿貫がその二本を操りはじめる。まずヴァイブのスイッチを入れると、それを左手で抜き差ししながら、右手でアナルに刺さったディルドも動かしだす。女体を扱い慣れた熟練の手つきで、自由自在に貴子から悲鳴を絞りとる。

妻がイキそうになるまで、それほど時間はかからなかった。つらそうに眉根を寄せているのは、禁断の排泄器官をえぐられてあえぎ、絶頂に達してしまいそうになっている恥辱のせいに違いなかった。女が淫らな道具で二穴を責められるのも、暗く陰鬱な快感なのかもしれなかった。暗いに決まっている。ましてやそのみじめな姿を、夫はもちろん、劣等感を覚えている超絶美しい沙月にまで見られているのだ。

「竜ちゃん、ごめんなさいっ……」

貴子がいまにも泣きだしそうな顔で見つめてきた。

「お尻の穴で感じちゃう、恥ずかしい奥さんでごめんなさいっ……」

「恥ずかしい牝豚だろ！」

綿貫が鋭い声で言った。

「ケツの穴でイキそうになってるのは、牝豚だ。豚の真似をさせてやろうか？」

「ゆっ、許してっ……」

「だったら、イクのを我慢するんだ」

「でもっ……でももうっ……」

切羽つまっているのは彼女だけではなかった。竜平にも限界が迫っていた。快感の泥沼の中で、鰻か泥鰌《どじょう》のようにのたうちまわっていた。

沙月が腰使いのピッチをあげていく。電マを操る手つきも、卑猥になっていくばかりだ。あきらかに、綿貫と呼吸を合わせていた。まったく恐ろしいサディストたちだった。どうすればこれほどの性技を体得できるのか、訊ねてみたかった。もちろん、訊ねることはおろか、言葉を継ぐことさえできなかった。

重力を失ったような感覚の中、ふっと体が浮きあがっては沈んでいく。浮きあがるときはこの世のものとは思えない快楽が、沈むときは窒息しそうなほどの苦悶が訪れ、正気を保っていることができない。

「竜ちゃん、ごめんねっ……恥ずかしい牝豚でごめんねっ……すぐにイキたがるスケベなマゾを許してくださいっ……もっ、もうっ……もう我慢できないっ……」

妻がイッた。

その声を聞き、喜悦と羞恥でくしゃくしゃに歪んだ顔を見た瞬間、竜平の体も跳ねあがった。イッてなお苦しいのが、ドライオーガズムだった。女がイクとき、なぜあれほどの声をあげ、顔を歪めるのか、竜平にも少しだけわかった気がした。

4

竜平はベッドの上でぐったりしていた。

息があがり、下半身の痙攣はおさまらず、模造ペニスで犯し抜かれた肛門が熱く疼いてしかたがない。

貴子も似たような状態で、ふたりとも後ろ手に拘束されたままだから、いにしえの悪代官に折檻を受けたような有様だった。

サディストたちはベッドから降り、ビールで喉を潤していた。余裕綽々な態度だが、先ほどまでは呆れるほどしつこかった。二、三度絶頂に導いただけでは満足せず、竜平と貴子が声を涸らして泣きじゃくるまで責めつづけた。

ダメージは深かったが、呼吸が整ってくると、竜平はただぐったりしているだけではいられなくなった。むらむらとこみあげてくるものがあった。勃起したペニスはまだ麻紐できつく縛りあげられたままだった。牝イキで何度イッても、射精だけはさせてもらえなかった。限度を超えた快楽を与えられつづけた肉体は疲労のピークに達し、指一本動かすのも面倒なほどだったが、ペニスだけは元気いっぱいに膨張しており、射精がしたくてたまらなかった。

沙月は前回、最後にペニスを麻紐から解放してくれた。あのときの射精の感覚が忘れられなかった。射精直後の潮吹きではまた泣かされたけれど、麻紐によって強制的にとめられていた精液を放出したときの快感は、ダムが決壊したときのようなすさまじいものだった。

もう一度あれを味わいたかった。従順な奴隷でいれば、沙月がやがて与えてくれる可能性は低くないように思われた。しかも今回は、女の細指ではなく、模造ペニスで前立腺を刺激される。前回より激しい、意識を失ってしまうような快感に翻弄されることは間違いなく、それを予感しただけで身震いがとまらなくなった。

しかし……。

竜平の中には、それとは別に、もうひとつ切実な欲望が芽生えていた。沙月によって導かれる恍惚も喉から手が出るほど欲しかったけれど、それを我慢してでも、成し遂げたいことがあった。

身をよじりながら上体を起こした。綿貫と沙月は、外国製の瓶ビールを片手に立ったままひそひそ声で談笑していた。綿貫は黒いシルクのビキニブリーフ一枚、沙月は黒いレースのランジェリーにガーターストッキングで、ペニスバンドははずされている。ふたりとも匂いたつほどセクシャルで、海外のファッション雑誌に出てきそうなほど絵になっていた。

「お願いがあります……」

竜平は正座をし、サディストたちに頭をさげた。本当は両手をついて土下座したかったが、背中で拘束されている。

「妻を……妻を抱かせてもらえませんか？」

顔をあげると、ふたりはキョトンとした顔をしていた。

「残念ながら、そういう予定はないよ」

綿貫が苦笑まじりに言った。

「前回、余計な気を遣ってしまったのを反省したんだ。僕としては、あなた方のセックスレスを解消する一助になれればいいと思ったんだが……いささか傲慢だったかもしれない。僕はサディストとしてキミたちの前にいる。それ以上でも以下でもない。ならば、サディストの役割だけをまっとうすべきだった」

「それじゃあ、妻は……」

竜平が上ずった声で訊ねると、

「当然これから僕に犯される」

綿貫は静かに、けれどもきっぱりと言い放った。

竜平の体は震えだした。自分の中にあったわずかな期待が、音をたてて崩れたからだった。

綿貫はいままで妻をロープや枷で拘束し、何度となく絶頂に導いたが、決して抱こうとはしなかった。そういう欲望すら見せなかった。それがサディストとしての彼の美学であり、NGをすべて取り払った今日のプレイでも、もしかすると最後までしないのではないかと期待していたのだ。

浅はかだったとしか言いようがない。

たとえオナニーや排泄を見せあおうと、まだ貴子とやり直せる気がしていた。寝取られさえしなければ……。

しかし、竜平が寝取られることをもっとも恐れているなら、サディストはそこをとことん突いてくるに決まっているではないか。オナニーや排泄を見せあってなお残っている最後の人間らしさを、全力で剝ぎとってこようとするに違いない。

体中から血の気が引いていくような絶望感に打ちひしがれていると、貴子が動いた。隣にやってきて、先ほどの竜平と同じように、正座をして頭をさげた。

「わたしも……綿貫さんじゃなくて、夫に抱かれたいです……」

顔をあげ、絞りだすような声で続ける。竜平は驚いた。まさか彼女まで、そんなことを言いだすとは思っていなかった。内心はともかく、妻はすっかり綿貫に心酔しているように見えたからだ。

「ふたりでエッチしてるところを笑いものにされてもかまいません。だから……だから……夫とさせてください……」

涙眼で切実に訴える妻は、奴隷のごとき憐れさを漂わせながら、凛とした美しさを失っていなかった。いや、女としての恥という恥をさらしきったからこそ、体現している色香があった。凛々しさが匂いたつようだった。

貴子はついに開花したのだ。蕾から花へ、泥の中で咲く蓮の花へ……。

竜平は、綿貫に対する感謝の念がこみあげてくるのをどうすることもできなかった。散々な目に遭わされたのも事実だけれど、彼がSMの道に導いてくれたことで、貴子は女として花開き、自分たち夫婦は一段高い愛のステージにのぼることができた。セックスレスに陥るほど脆弱だった関係が、いままでより固い絆で結び直された。

それは期待ではなく確信だった。この広い世界に、自分たちほど恥をさらしあった夫婦がどれだけいるだろう？　もはや隠すものはなにもないというところまで、さらけだしあったのである。これが絆でなくてなんだろう？　いや、絆にしなければならないのだ。寝取られることだけはなんとか回避して、いつの日か今日の出来事を笑いあえるように……。

「お願いします！」

竜平も貴子と一緒に頭をさげた。綿貫からの返答はなかった。顔をあげると、困惑しきった表情で力なく首を振っていた。

「予定を変えることはできない」

非情な言葉が返ってくる。

「あなた方には想像もつかないだろうが、サディストっていうのは、いろいろなことを考え尽くしてプレイに臨んでいるものなんだ。最初に考えるのはクライマックスさ。物語と一緒だね。最後から逆算して、順番に組み立てていく。ここまで来て予定を変えたりしたら、今日のプレイは台無しだ」

竜平と貴子は眼を見合わせた。妻は落胆していた。竜平もそうだった。

綿貫の言葉には説得力があり、反論の余地があるとは思えなかった。彼は誠実な男だった。竜平と貴子は手ぶらでここにやってきたが、綿貫は今日のために時間をかけて準備を重ねたに違いない。じっくりとプランを練り、沙月と打ち合わせだってしただろう。ヴァイブや浣腸器などの小道具はもちろん、ベッドに敷くシーツ一枚だって、彼が準備しなければ他にする者などいないのだ。

「ただね、ご主人……」

こちらをリラックスさせるためだろう、綿貫は柔和な笑みを浮かべて言った。

「あなた方にはまだ、ストップと言う権利が残っている。ストップと言えば、プレイはここで中止になるよ」

竜平と貴子は、もう一度眼を見合わせた。何秒間か見つめあっていた。時計で計れば三秒に満たない短い時間だったかもしれないが、様々なメッセージを交換した。言葉ではなく、眼と眼で。

――ここでストップするのはさすがに失礼だろうか？

――でも、このままじゃ……。

――たしかにキミを寝取られることになる。

――竜ちゃんそれでもいいの？

――よくない。よくないけど……。

竜平だけではなく、貴子もためらっていた。彼女もまた、綿貫に感謝しているからだろう。竜平と違って直接調教されているのだから、信頼関係もあれば、畏敬の念だってあるに違いない。

それでも……。

「すいません」

貴子は綿貫を見つめて言った。

「ストップでお願いします」

狭い部屋を一瞬、重苦しい静寂が支配した。

「ご主人も、それでいいのかな？」

綿貫の問いかけに、竜平はうなずいた。沙月に向かって、深々と頭をさげた。沙月はなにか言いたげに唇を動かしたが、小さな溜息をひとつついて、竜平の拘束をはずしてくれた。ペニスを縛りあげていた麻紐もとかれた。続いて貴子も……。

「それじゃあ、プレイはここで中断する。申し訳ないが、キミたちがセックスするスペースは提供できないよ。さっさと帰ってくれ。見送りはしない。玄関の鍵は開けたままでかまわない」

さも無念そうに顔をしかめている綿貫に一礼を残し、そそくさと部屋を出た。ずっと後ろ手に拘束されていた腕が痺れ、両膝が怖いくらいに震えていた。貴子も同じらしく、竜平にしがみついてきた。薄暗い廊下を、もたれあうようにして歩いた。

密着した妻の素肌から、甘い匂いが漂ってきた。体はふらふらでも、自然と胸が高鳴っていく。この家を出たらすぐにタクシーを呼び、どこでもいいから近くのホテルに行こうと思った。サディストから守り抜いた妻の貞操を、思う存分愛でるためだ。腰が抜けるまで、抱いて抱いて抱きまくるのだ。

なるほど、綿貫には綿貫の考えた物語があり、クライマックスが存在するのかもしれない。しかし、自分たち夫婦にとって必要な物語の結末は、元の鞘に戻ることなのだ。紆余曲折を経てお互いにひと皮剝け、以前よりも固い絆で結ばれた――それでこそ、恥をかいた意味もある。夫婦揃って尻の穴まで犯されたことに納得できる。となれば、クライマックスは夫婦の熱いセックス以外にはあり得ない。どう考えても、この選択は間違っていない。

ガラス張りのバスルームを横眼に見ながら黒い布の仕切りを抜けると、ミニバーがある広いスペースに出た。ソファの横のカゴに服が入っていた。

「……ふうっ」

すぐに服を着ける気力がなく、竜平は裸のままソファに腰をおろした。貴子も並んで座る。

これから彼女とセックスするという気持ちの高揚はあるものの、解放感より脱力感を覚えた。

いや……。

脱力感というより罪悪感だ。綿貫と沙月に対する……。

貴子を見た。見つめ返された。長く視線が合っていても、お互い動けなかった。ようやくふたりきりになれたのだから、自由になった両手でハグでもすればいいのに、どういうわけかそういう気にはなれない。

「もう二度と……」

貴子が眼をそらして言った。

「ここには来られないでしょうね。自分勝手にプレイをやめちゃって……」

「……そうだね」

「あのふたり、絶対怒ってる」

「しかたがないよ……」

お互いに口をつぐんだ。

次第に罪悪感が、激しい不安に形を変えていった。綿貫や沙月と二度と会えないというのは、竜平も考えたことだった。三十年間も生きていれば、いままで様々な別れを経験している。去っていった恋人、喧嘩別れした友人、仕事を通じて仲良くなった者たちとは、仕事が変わると縁が切れた。

これもまた、そういった別れのひとつに数えられるのだろうか。綿貫についても沙月についても、どういう人間であるか、竜平はほとんどなにも知らなかった。言ってみれば、診断を受けた医者とか、接待を受けたホステスとか、そういう感じの浅い関係に違いなかった。

なのになぜ、これほど激しい不安に駆られるのだろう？

長々と拘束されていた腕が、自由を喜ばずこんなにも震えているのか？

人間としてあり得ない醜態をさらした相手なのだから、その黒歴史ごと忘れてしまえばいいのに……。

5

きっかけは、貴子のひと言だった。

「もう少し……きちんと謝ったほうがいいんじゃないかしら」

横顔を向けたまま、ボソッと言った。

「謝って、お礼を言って……」

「……そうだな」

竜平はうなずいた。たしかに、謝罪と感謝がまるで足りなかったかもしれない。二度と会うことがないのなら、よけいにそうだ。このまま黙って帰ってしまうのは、あまりにも礼儀を欠いている。

なにより……。

沙月が別れ際、なにも言ってくれなかったことが気になっていた。悪態のひとつでもつかれたほうが、まだ救われた。失望されたことは間違いない。だが、あの態度はただ失望されただけではなく……。

軽蔑されたのではないだろうか？

あるいは、蛇蝎のごとく嫌われてしまった……。

そう思うと背筋に戦慄が這いあがっていった。謝りたい、という欲望がこみあげてきた。それはたしかに欲望だった。礼儀などとは関係なく、ただひたすらに謝りたかった。どうか嫌わないでくださいと……。

竜平と貴子はうなずきあい、お互いに全裸のまま立ちあがった。まだ両膝の震えがおさまっていなかった。どちらからともなく手を繋いだ。足音をたてないように注意して、元にいた部屋を目指した。

扉の前に立つと、心臓が早鐘を打ちだした。お互いに先を譲りあい、結局、貴子がノックをすることになった。

いや、竜平は当然そうすると思っていたのだが、どういうわけか彼女は、ノックをせずにドアノブをまわした。それも、音をたてないようにそうっと……。

ほんの少し開いたドアの隙間から中をのぞいた貴子は、凍りついたように動かなくなった。肩に触れると震えていた。竜平も貴子の後ろから中をのぞきこんだ。

衝撃的な光景が眼に飛びこんできた。

沙月がフェラチオをしていた。仁王立ちになった綿貫の足元にしゃがみこみ、隆々と勃起しきった男根を舐めしゃぶっていた。

竜平は二重の意味でショックを受けた。まず、沙月がそんなことをする女だとは思っていなかった。男の足元にしゃがみこみ、口腔奉仕をするなんて……サディストの威厳はいったいどうなってしまうのか？

そして、もうひとつは綿貫のペニスだ。驚くほど大きく、黒々として反り返った姿は、鎌首をもたげた大蛇のように迫力があった。痩身なだけに、よけいに際立っていた。長大なサイズも禍々しい雰囲気も、体つきとペニスの釣りあいがとれていない。そこだけを見れば、沙月ほどの女をひざまずかせていることにも納得がいく。

沙月のフェラチオは荒々しかった。深々と頬張り、唇を吸いつけてしゃぶりあげる。むほっ、むほっ、と鼻息をはずませながら、黒い肉棒に唾液の光沢を与えていく。時折綿貫を見上げる眼つきは挑発的で、猛禽類を彷彿とさせた。そのくせ頬をピンク色に染めているところが、身震いを誘うほどエロティックだ。高身長のモデル体型に金髪坊主という現実離れした美貌の持ち主にもかかわらず、生々しい興奮が伝わってくる。

「……すごい」

貴子が口に手をあててつぶやいた。

「なんていやらしいの……いやらしいのに綺麗なの……」

「これから……最後までするんだろうか？」

竜平も小声で、貴子の耳元にささやいた。ささやいた瞬間、想像してしまった。目の前のふたりがまぐわうシーンを……。

体位はきっとバックだ。それも野性的な立ちバックで、綿貫は沙月を後ろから貫くのではないだろうか。長大なペニスを抜き差しされた沙月は、いったいどんな反応を見せるのだろう。サディストの仮面を脱ぎ捨てて、女らしくあえいだりするのだろうか。甲高い悲鳴をあげて……。

貴子がよろめいたので、双肩をつかんで支えた。彼女の体は、可哀相なほど震えていた。自分と同じことを想像していたのだろうか？　あるいは、ストップを言わなかった場合のことを頭の中に思い描いていたのか？　自分が綿貫に犯されるシーンを……あの長大なペニスで……。

綿貫が沙月の頭を両手でつかみ、腰を使いはじめた。フェラチオからイラマチオへとシフトチェンジし、沙月の美しい顔を犯すように長大なペニスを抜き差しした。喉のいちばん奥までえぐるような激しいやり方だった。腰を振りたてるほどに、綿貫は表情を険しくしていき、鬼の形相で沙月を見下ろした。沙月も負けじと、綿貫を見上げる。その眼つきはますます挑発的になるばかりで、口唇を犯されてなおサディストの威厳を失っていない。

ゾクッ、と竜平の背筋は震えた。彼女は本物だった。本物のサディストに自分は調教されていたのだ――そう思うと、歓喜の震えがとまらなくなった。だが、震えというなら、貴子のほうが激しくなっていくばかりだった。すでに支えていないと立っていられないほどで、踵を返したほうがいいような気がしてきた。

だが、迷っているうちに異変が起こった。水のしたたるような音がして、かすかにアンモニア臭がたちこめてきた。貴子が失禁してしまったのだ。立ったまま、漏らしていた。足元にできた水たまりがみるみる大きくなっていき、ドアの下にある隙間から部屋の中にまでひろがっていった。

綿貫と沙月が、事態に気づいた。沙月が立ちあがり、ハイヒールを鳴らしてやってくる。ドアを開けられても、竜平は震えあがるばかりで動けなかった。沙月の形相が恐ろしすぎたからだ。ただでさえ鋭い眼光をますます鋭くして、唾液に濡れ光る唇を震わせながら動けないふたりを睨んできた。

「どういうつもりなんだ？」

綿貫が言った。言い方は穏やかだったが、その声音にはやはり、沙月同様の憤怒が含まれていた。

「あなた方は帰ったんじゃなかったのかな？　いくらさっきまで一緒にプレイしてたとはいえ、のぞきは失礼な行為だよ」

貴子がふらりと前に出た。自分の漏らしたゆばりに足をとられて転んだ。四つん這いで綿貫の前まで進み、頭をさげた。

「犯してください」

上ずった声で言った。

「やっぱり、このままじゃ中途半端というか……やり遂げた感がないというか……後悔してしまいそうで……」

妻は嘘をついていなかった。先ほどまでそんなことはひと言も言っていなかったが、彼女はどこまも自分に正直な女だった。

綿貫と沙月のいやらしくも美しいオーラルセックスを見て、心変わりしたのだ。映画の観客がスクリーンに入っていきたい欲望をもつように、ふたりの世界に魅せられ、自分もその一員になりたくなってしまったのだ。

しかも、綿貫のペニスは呆れるほど長大だった。貴子が本能を揺さぶられた可能性は高い。あれほどのものを見せつけられれば、女なら誰だっていままで経験したことがない快感を期待してしまうのではないだろうか。

そのことを責める気にはなれなかった。竜平もまた、沙月の足元にすがりつきたかったからだ。すがりついて謝りたかった。いや、それだけでは気がすまない。謝るだけではなく、罰も与えてほしい。身勝手にプレイを中断した罰として、尻の穴を思いきり犯してほしい。

「プレイを続けるっていうのかい？」

綿貫の言葉に、妻は頭をさげたまま「はい」とうなずく。

「ストップは二度使えないよ。もうどんなことがあっても、僕が終わりというまでプレイは終わらない。それでもいいのかい？」

妻はもう一度「はい」と言った。頭をさげたまま、しっかりと。

「ご主人もそれでいいのかな？」

綿貫の眼が竜平に向く。鬼の形相でイラマチオをしていた余韻なのか、その眼は火がついたように血走っていた。

竜平は眼をそむけてから、小さく「はい」とうなずいた。

室内の空気が変わっていく。置かれた調度が動いたわけではないのに、舞台が暗転し、セットが素早く変えられるような、そんな感じがした。いや、戻ったというべきだろうか。先ほどまでの、地獄の何丁目かに……。

「じゃあ、奥さん……」

綿貫が妻を立ちあがらせ、両手を背中で拘束した。沙月が竜平にも手枷を持ってくる。険しすぎる表情のまま、黙って後ろ手に拘束してくる。

妻が綿貫にうながされ、ベッドにあがっていく。竜平は所在がなかった。妻は絶妙なタイミングで綿貫に頭をさげたが、こちらは沙月に謝るタイミングを逸したままだった。沙月が口を開かないせいもある。正面に立ったまま、ただ黙って見下ろしてくる。彼女はハイヒールを履き、竜平は裸足だから、頭ひとつぶんも高い。少年時代に女教師に叱られたときのことを思いだした。

そのとき、突然左の頬に衝撃が走った。

沙月がビンタしてきたのだ。

「なにのぞいてるのよ？」

「すっ、すいません……」

竜平は土下座しようとしたが、できなかった。沙月がむんずと髪をつかみ、しゃがむことを許してくれなかったからだ。

「わたしのフェラをのぞいた代償は大きいわよ」

今度は右の頬にビンタが来た。

「すっ、すいませんっ……許してくださいっ……」

「簡単に許されるわけないでしょうが」

往復ビンタが襲いかかってくる。かなりの強打だったが、倒れそうになるとまた髪をつかまれた。ボロ雑巾のように扱われているのに、屈辱は感じていなかった。むしろ、泣きたくなるほどの歓喜がこみあげてきた。簡単には許されない、ということは、許される可能性があるということだ。

「だいたいねえ、あんたたちがプレイを中断したせいで、こっちはうっかりあの男と一発やっちゃうところだったんだよ。わかってるの？」

「すいませんっ……すいませんっ……」

よく意味がわからなかったが、謝るしかなかった。

「久しぶりに燃えたんだから……」

耳元に唇を近づけ、ひそひそ声で言った。

「あんたたち夫婦がケツを掘られながらイキまくってるの見て、興奮しちゃったんだよ。オマンコじんじん疼いて、たまらない気分になってるんだよ」

沙月は竜平の耳から唇を離すと、吊りあがった眼で睨んできた。

「舐めなさい」

頭を押され、その場にしゃがまされた。

「オッ、オマンコですか……」

竜平は上目遣いで訊ねた。

「そうよ。舐める前にパンツ脱がしてちょうだいよ。今日は生の舌でペロペロされたい気分なんだから」

竜平は激しい眩暈を覚えた。心がねじれて、ふたつに裂けていくようだった。沙月の股間は、鼻の曲がるようなすさまじい悪臭の源泉だった。しかし、まだ見たことのない下着の奥には、彼女らしい秘密が隠されているはずなのだ。真っ白いパイパンに、真っ赤な薔薇のタトゥー。

　それを見たいという欲望が、悪臭に対する恐怖心に勝った。沙月は黒いレースのパンティを穿いていた。両手を使えないので、口を使って両サイドを少しずつおろしていった。鼻は匂いを嗅ぎとっていた。しかしそれは、記憶にある悪臭とは少し違った。腐敗臭というか発酵臭というか、そういうものには違いないのだが、果物が熟しきって朽ち果てていくときの甘ったるい匂いによく似ていた。

　本能を揺さぶる匂いだった。嗅ぐほどに、淫らなエネルギーが体の中に充満していくのを感じた。やがて、下着に隠れていた部分が見えた。

　たしかに真っ白いパイパンだった。正面を向いて脚を揃えているのに、割れ目の上端がちょっと見えていた。しかし、タトゥーは真っ赤な薔薇ではなかった。

　大蛇だった。ペニスによく似た形をしているが、眼があるのでやはり大蛇だ。禍々しく鎌首をもたげ、クンニリングスをしようとする男を眼光鋭く睨みつける構図になっている。

「残念だった？　真っ赤な薔薇じゃなくて」

　沙月が口の端だけで不敵に笑う。

「そっ、そんなことはありません」

　竜平はあわてて言った。

「こっちのほうがお似合いですっ……本当ですっ……格好いいですっ……」

ビンタで張り倒された。

「奴隷のくせに口がすぎる。言葉じゃなくて行動で示しなさい。行動で」

沙月は太腿までずり下がっていたパンティをみずから脱ぐと、側にあった椅子に片足を載せた。さあ舐めなさいと言わんばかりの顔で、竜平を見下ろしてきた。

6

「おしっこくさいオマンコを舐めさせるなんて、いけない奴隷だね」

ベッドの方から、綿貫の甘いささやきが聞こえてくる。

「でも、奥さんのオマンコおいしいよ。アナルでイケるようになってから、ますますおいしくなった。こっちも忘れないでーって思ってるのかな」

綿貫の言葉を搔き消すような勢いで、妻はあえいでいる。言葉に反応しているのではなく、先ほどから淫らな悲鳴がとまらない。あお向けのM字開脚で、すでに三十分以上、クンニリングスを受けている。

綿貫のサディストらしからぬやさしげな態度が、竜平の苛立ちを誘った。しかし、綿貫と妻のやりとりは、断続的にしか聞くことができなかった。竜平は竜平で、必死になって舌を動かさなければならなかったからだ。

高身長を誇るように立ったまま片足を椅子に載せ、クンニリングスを求めてきた沙月は、下から見上げると天を衝くように屹立する女神像のようだった。しかし、生きた女であることを示すように、股間では女の花が咲いている。花びらは大ぶりで縮れが目立ち、薄黒く淫水灼けしてたまらなく淫靡だった。パイパンなのでことさらグロテスクに見え、恥丘を飾った大蛇のタトゥーと相俟って禍々しささえ感じさせる。

とはいえ、舐めしゃぶっていくほどに黒い花びらは翼をひろげるように開いていき、つやつやと濡れ光る薄桃色の粘膜が姿を現した。その色合いはグロテスクな外見からは想像もつかないほど清らかで、舐めるとひくひくと収縮し、あとからあとからこんこんと新鮮な蜜を漏らしてくるのだった。

竜平はそれを啜りながら、必死に舌を動かした。沙月に、言葉ではなく行動で示せと言われた。謝罪も感謝も裏切った罪悪感も、すべて舌の動きに収斂させて、沙月に伝えなければならないと思った。

いくら蜜を漏らしても、彼女の顔色が変わらないのが少し悔しかった。同時に、嬉しくもあった。イラマチオで顔を犯されてなおサディストの威厳を失わなかった沙月は、体の中でいちばん感じる部分に舌を這わされても、簡単に声をあげたりしない女でいてほしかった。

綿貫のクンニによって、赤子の手をひねられるようにあんあん悶え泣かされている妻とは、雲泥の差だった。しかし、沙月はマグロなわけではない。感じているのは、漏らした蜜の量からも察せられる。感じているのにこらえているから素晴らしいのだ。ヌプヌプと舌先を差しこめば、奥の肉ひだがざわめきながら吸いついてくるほどなのに、顔色を変えない。身をよじったりもしない。時折、冷めた眼つきでこちらを見下ろし、下手くそ、と無言のメッセージを送ってくる。

そんな沙月でも、敏感な肉芽を舌先で転がしてやると、さすがにじっとしていられなくなった。椅子に載せたハイヒールの爪先で、トントントン……とリズムを刻みはじめた。貧乏揺すりのようでいて、反応をこらえるためであることは一目瞭然だった。

なにしろ、沙月のクリトリスは大きかった。女の小指の先ほどもあり、真珠のように丸みを帯びている。すっかり包皮を剝ききって、刺激するほどに物欲しげに身震いする。つるつるした舌の裏側で舐めてやると、沙月の腰はくねりだした。彼女の股間に顔を埋めていても、呼吸がはずみだしたのがはっきりわかった。

「たまらなくなってきちゃったじゃないの……」

腕を取って立ちあがらされ、視線と視線がぶつかった。沙月はおもむろに竜平の肩を抱き寄せると、息のかかる距離まで顔を近づけてきた。

「ねえわたしオマンコしたくなってきちゃったオマンコしたくなってきちゃったオマンコしたくなってきちゃった……」

間近で見ると、沙月の眼は焦点を失いそうなほど潤みきっていた。声や身動きを限界までこらえても、彼女はやはり感じていたのだ。

「どうしてくれるのよ悔しいわねオマンコにこれが欲しくてしょうがないじゃないのオマンコにチンポがオマンコにチンポが……」

きつく反り返ったペニスをぎゅっと握られ、竜平は背筋を伸びあがらせた。なんとか気を取り直して沙月を見つめた。いまどうしても訊ねてみたい、胸に秘めた思いがあった。

「ひとつ訊いていいですか？」

「なによ？」

「沙月さんと綿貫さんって、どういう関係なんですか？」

沙月の眉がピクンと跳ねる。初対面のときに訊ねたら、秘密の関係などとはぐらかされた。

しかし、仁王立ちになった綿貫にフェラチオをしている彼女を見て、竜平には感じるものがあった。このふたりはＳＭで繋がっているだけではなく、もっと強い絆があるのではないかと……。

「結婚してたのよ」

沙月の言葉に竜平は息を呑んだ。

「わたしがこの世で愛しているのはあの男だけ……でも、結婚生活はうまくいかなかった。どうしてもダメだった……でも別れたら逆に、うまくいきはじめたの。いまじゃ、奴隷夫婦に逃げられた腹いせに、一発やっちゃいそうになるくらい仲良し。不思議よね、男と女って……」

一瞬、遠い眼になった。

「でも、あなたちは別れないほうがいいわよ。そのほうが楽しくて刺激的でなおかつ幸せな毎日が送れるはず。綿貫があなたたちのセックスレスを解消させようとしたらしいけど、わたしに言わせれば大馬鹿よ。そういうところちょっと抜けてるんだな。あのね、無理にセックスなんてしなくていいの。ふたりともマゾ、夫婦で奴隷でいいじゃないの。少なくとも、わたしにはとっても可愛いふたりに見える。涙が涸れるまで泣かせてあげたくなる……」

そのとき、貴子の悲鳴が聞こえた。耳をつんざく歓喜の悲鳴だ。

貴子はベッドの上で四つん這いになっていた。両手を前についている。手枷をはずされたのだ。そして後ろから、綿貫に突きあげられている。

「どうだ！　僕のチンポとご主人のチンポ、どっちが気持ちいい？」

パンパンッ、パンパンッ、と乾いた音をたてて、綿貫が腰を振りたてる。結合部は見えなかったが、ふたりが性器を繋げているのは間違いなかった。

ついに……。

妻の貞操は奪われてしまったらしい。

寝取られてしまったのだ。

呆然としている竜平を尻目に、沙月がブラジャーをはずし、白い乳房を露わにする。先端がルビーのように赤く輝き、まるで宝石をそこにつけているみたいだった。ガーターベルトやストッキングも脱ぎ捨てて、全裸になった。

「わたしもベッドにエスコートして」

竜平の手枷もはずされた。

「抱いていいわよ、あなたの好きなように」

最後は自分の意思で連れあい以外とセックスをするというのが、綿貫が用意したこの物語のクライマックスらしい。自分の意思で、夫ではない男のペニスで貫かれ、妻ではない女の中にペニスを入れる……。

竜平は震える手で沙月の手をつかんだ。体中が震えていた。魂が震えているからだった。エスコートというにはあまりにもエレガンスを欠いたぎくしゃくした動きで、竜平は沙月の手を引き、ベッドに近づいていった。

貴子が気づいて、紅潮した顔をくしゃくしゃに歪めた。

「りゅ、竜ちゃんっ……竜ちゃん、ごめんねっ……いやらしい奥さんでごめんねっ……でもいいのっ……綿貫さんのオチンチン、すごく大きくてとってても気持ちいいのっ……ああぁっ……」

両手でシーツをぎゅっとつかんだ。

「もっと言うんだ」

綿貫が妻の尻を叩く。

「どっちがいいんだ？　どっちのチンポが？」

「こっちがいいっ……こっちのチンポがいいっ……オマンコいいっ……よすぎてオマンコ壊れちゃいそうっ……」

胸を揺さぶる激しい感情の正体が、竜平にはわからなかった。嫉妬なのか憎悪なのか、軽蔑なのか憧憬なのか、希望なのか落胆なのか——たしかなことは、正体をつきとめることに意味などないということだった。

これほど激しく胸を揺さぶられていること自体に、意味がある。それこそが、人が生きている証ではないかと思う。

自分でも制御できない衝動に突き動かされて、竜平はベッドにあがった。四つん這いになっている妻の隣で、あお向けに横たわった。

騎乗位で繋がりたいと、目顔で沙月に伝えた。本当は押し倒してしまいたかったが、奴隷の分際で、ひっくり返った蛙のような格好を強いることはできない。

「奥ゆかしいのね。いいことよ」

沙月が真顔で褒めてくれたので、涙が出るほど嬉しかった。サディストとセックスしようだなんて、一ミリも思っていなかった。竜平はただ、彼女を悦ばせるディルドになりたかった。自分の意思で、意思をもたない模造ペニスとなり、沙月の欲望を満たすことができればそれでいい。

沙月が腰にまたがってきた。長い両脚をM字に割りひろげ、大蛇のタトゥーを見せつけながら腰を落としてくる。まるで唇のように見える割れ目で亀頭を咥えこみ、じわじわと結合を深めていく。

沙月が最後まで腰を落としきると、竜平は歓喜の雄叫びをあげた。きつくこわばらせている体のすべてが、ペニスになってしまったような気がした。沙月が腰を使いはじめる。股間を浮かせては落としてくる。よく濡れたヴァギナでペニスをしゃぶりあげられ、竜平は激しく身をよじった。四つん這いの貴子が、隣で感極まった悲鳴をあげた。綿貫に怒濤の連打を送りこまれ、口から涎を垂らしていた。一瞬、眼が合った。視線と視線がぶつかりあい、からみあった。胸いっぱいに愛があふれた。性器は繋げていなくても、ふたりはたしかに夫婦の絆を感じていた。

この作品は書き下ろしです。原稿枚数403枚（400字詰め）。

GENTOSHA OUTLAW BUNKO

# 奴隷夫妻《どれいふさい》

## 草凪優《くさなぎゆう》

令和元年12月5日　初版発行

発行人――――石原正康
編集人――――高部真人
発行所――――株式会社幻冬舎
〒151-0051東京都渋谷区千駄ヶ谷4-9-7
電話　03(5411)6222(営業)
　　　03(5411)6211(編集)
　　振替00120-8-767643
印刷・製本―株式会社　光邦
装丁者――――高橋雅之



幻冬舎アウトロー文庫

ISBN978-4-344-42935-2　C0193　　O-83-11

幻冬舎ホームページアドレス　https://www.gentosha.co.jp/
この本に関するご意見・ご感想をメールでお寄せいただく場合は、
comment@gentosha.co.jpまで。